んだ夏
Hikaru ga
shinda natsu
paPico

登場人物

佳紀《よしき》

とある田舎の村の高校生。
光とは幼馴染み。
見た目は変わらないが光が
ナニカにすり替わっている事実を
一人で抱え込んでいる。
父、母、妹の4人家族。

誕生日4月20日
身長175cm

ヒカル

佳紀の幼馴染・光の姿をしているが
中身は人ならざるナニカ。
半年前に村の「禁足の山」で
行方不明になった光の代わりに現れた。
見た目も性格も光そのものだが――?

誕生日3月20日
身長165cm

光が死んだ夏

Hikaru ga shinda natsu

特装版

額賀澪

原作・イラスト
モクモクれん

目次

本書は書き下ろしです。

プロローグ

死ぬんや。

鼻先に落ちてきた冷たい雨粒に、忌堂光《いんどうひかる》はゆっくりと目を開けた。

黒々とした木々の隙間から、雨粒が絶え間なく落ちてくる。墨を溶かしたように空は黒く、唸《うな》るような風の音が遠くから聞こえた。

重たい瞼《まぶた》を押しのけて、どろっとした何かが目に入った。どうにか瞬きをしたら、視界が赤く染まった。暗闇でも奇妙なくらい鮮やかな赤色だった。

あー、マジか。おれ、死ぬんや。はっきりとそう思った。

身体のあちこちで骨が折れているのがわかる。手足の感覚が酷く遠くて、なのに自分の脚がありえない方向に曲がって投げ出されているのだけはわかった。

雨に打たれた笹草の先が頬に当たる。チリリとした痛みが走ったのを、辛うじて光は認識した。濡《ぬ》れた土に触れた部分から、身体がどんどん冷えていく。命を奪われていく。

まさか、こんな死に方をするとは。山道で女体そっくりの木を見つけて気を取られ、足を滑らせて――いくら夜道だからってそんな死に方はない。馬鹿すぎて、ない。

シンプルにアホやと笑い飛ばしたかったのに、喉《のど》はガラガラと鳴るばかりだった。

最初に、父のことを考えた。忌堂家の人間としてやるべきことを果たせなかったことを謝った。次に母のことを考えた。おかやんにもまた、つらい思いさせたないのに……心の底からそう思った。

誰も悲しまなければええのになぁ。無理とわかっているからこそ願ってしまう。

最後に幼馴染《おさなじ》みのことを考えた。物心ついた頃から一緒だった。自我が芽生えた瞬間から隣にいた。そういう幼馴染みのことを考えた。

おれが死んだら、あいつ、一人になってまうやん。そう考えたら、赤く染まった視界がぐにゃりと歪《ゆが》んだ。頬を濡らす雨粒の感触も冷たさも、遥《はる》か遠くに行ってしまう。

一人にさせたない。吐き出した息は白く染まって、雨に掻《か》き消《け》された。視界がまた赤く染まる。血の赤色と夜空の墨色が混ざり合い、巨大な手が自分に向かって伸ばされているような気がした。

蠢《うごめ》きながら、その手が迫ってくる。光はそれに向かって手を伸ばした。あれほど遠かった感覚が右手に戻ってきて、その瞬間だけ、指先が燃えるように熱くなる。

この際、誰でもいいと思った。
おれの代わりにあいつの側にいてくれるなら、誰だってよかった。

第一章　いつだって光だった

1

この村の蝉はシャワシャワと鳴く。

息継ぎの暇もなく、夏の間ひたすらシャワシャワ鳴き続ける。遠く離れた土地や、都会の蝉がどう鳴くのかを辻中佳紀《つじなかよしき》は知らない。

シャワシャワシャワシャワ、シャワシャワシャワシャワシャワシャワ。

佳紀が生まれ育った場所は、頭がおかしくなるくらい、夏になるとこの音であふれ返った。

「おばちゃん、アイス買《こ》うてええかー」

制服のワイシャツの胸元を乱暴に煽《あお》ぎながら冷凍ストッカーの蓋《ふた》を開けた光が、店の奥に向かって呼びかける。やや遅れて「ええよー」という声が返ってくる。

ストッカーの冷気を顔に浴びて「はー、涼し」と表情を緩めた光は、直後「って、アイス少なっ」と眉《まゆ》を寄せた。

「なっ、パピッコしかないやん」

ここはいつもそうだなと、佳紀は前髪を掻き上げた。眉どころか目を覆ってしまうほどに伸びた前髪は、汗でじっとり濡れていた。

日に焼けて色が抜けたガチャポンの機体と自販機、売り物なのかそうじゃないのかわからないものが雑多に並んだ棚。雑誌コーナーに置かれた週刊マンガ雑誌だけがピカピカに新しい。この「山久《やまひさ》」という店は、長年通っていても駄菓子屋なのか商店なのか未だに判別がつかない。

ついでに店主である山久のおばちゃんは年齢不詳で、佳紀が幼い頃から外見が一ミリとて変わっていない。きっと妖怪《ようかい》の類いに違いないと佳紀は陰ながら思っている。

「なーにが『アイスあり〼《ます》』や。しかも『キソキソのアイス』ってなんなん」

山久の店先に吊《つ》り下《さ》げられた札には「キンキンのアイスあり〼《ます》」と書いてあるが、どう読んでも「キソキソ」としか読めなかった。今に始まったことではない。

記憶にある一番古い山久にも、この「キソキソ」の札は下がっている。その記憶の中にも忌堂光はいるし、今と同じように二本入りのチューブアイスをパキンと切り離し、佳紀に差し出している。

そしてその記憶の中でも、蝉はシャワシャワと鳴いている。

「それにしてもハラセンめ、この炎天下でマラソンさせよって」

店先に置かれたベンチに腰掛け、チューブアイスの蓋を引き千切る。やや遅れて光が座り、古びたベンチはガタンと左右に揺れた。

いつだったか。一体いつから、このベンチはこんなにガタガタいうようになったんだったか。

「普通にゴーモンやったなー」

「光、拷問のイントネーションちゃうで。それじゃサーモンと一緒やん。肛門《こうもん》のイントネーションやに」

アイスはすでに柔らかく、ちょっと吸ったら中身がぬるっと這《は》い上がってきた。あの冷凍ストッカー、そろそろ寿命なのかもしれない。

新しいものに、買い換えた方がいいのではないか。そんなことを考えたとき、シャワシャワという音がふと近くなった。

「そかそか、ごうもん……拷問なー。気ぃつけよ」

笑いながらアイスを吸う幼馴染みの横顔を見ていると、その音は余計に大きくなった。光の色素の薄い髪が、太陽の日を受けて妙に白っぽく光って見えた。

瞼の裏にあの日見た稲妻が蘇《よみがえ》って——だから、聞いてしまった。

「お前さ、ほんまにあの山で一週間も行方不明だったん、覚えてないんか？」

「おー、全然」

佳紀の暮らす村は、クビタチという名前だった。昔は本当に村だったけれど、今は希望《きぼう》ケ山《がやま》町と合併しているから、正確には村ではない。

でも、住民はクビタチ村だと思っているし、自分達が暮らす土地を「村」と呼ぶ。クビタチは三方を山に囲まれている。丹砂山《にさやま》、松山《まつやま》、笠山《かさやま》、二笠山《ふたかさやま》とそれぞれ名前があり、山から流れる川の側に点々と民家が建ち並ぶ、枯葉のように寂しい集落だった。人口だって、二百人くらいしかいない。

丹砂山で光が行方不明になったのは、およそ半年前——一月の終わりだった。雷の鳴る、激しい雨の日だった。

村の大人が総出で探しても見つからなかったのに、一週間後、彼はひょっこり帰ってきた。

しかも、行方不明だった一週間のことを、何も覚えていないという。

そのまま春になり、夏になった。光が行方不明になったと聞いたその日、自分の吐き出した息が真っ白だったことを思い出したら、自然と溜《た》め息《いき》がこぼれていた。

「半年たっても思い出されやんな」

「もうよくね？　ほんなんさー、いつまで言うとるん」

いいわけがあるか。犬に無理矢理伏せをさせるみたいに光の髪をぐいっと押さえ込んで、佳紀は吐き捨てた。光は「それやめえ！」と言いつつ、本気で嫌がりはしない。

「どんだけみんな心配したと思っとるん」

「おれがおらんくて、寂しかった？」

昔からただでさえ細い目を、すーっと針のように窄《つぼ》めて、光は笑う。ニヤリと音まで聞こえてきた。

「いや、別に」

「嘘や、泣いたはず。『一人にせんでよぉ光ぅ』って」

目尻《めじり》に手をやって泣き顔を作った光の頭を、「調子乗んなや」ともう一度押さえ込んでやる。「おれよりでかいからって、すぐそれするんさぁ……」と呟《つぶや》いた光に、その通りだと思った。

光より佳紀の方が背が高い。だから、光が調子に乗ったときはいつもこうやってきた。当たり前にそうしてきた。

「なあ、変なこと聞いてもええか？」

シャワシャワ、シャワシャワ。音がまた近づいてくる。耳元で喚くその音は、いつの間にか佳紀の頭の中で鳴っている。

「なに？　愛の告白でもする気なん？」

「ちゃうわ」

そうだ、絶対に、違う。

「これはなぁ、今に始まったことやなくて——お前がさー……行方不明になって帰ってきてから、ずっと思っとったことなんやけど」

二の腕に、一月の終わりの寒さが蘇った。頬を汗が伝っているのに、半袖《はんそで》のワイシャツの下で、脇腹のあたりが粟立《あわだ》つ。

一月の寒さも、二月の底冷えも、三月の緩みも、四月の暖かさも五月の日差しも六月のじめっとした湿度も、あの日からのすべての温度が肌の上を駆け抜けた。

「お前、やっぱ、光ちゃうやろ」

ゆっくり、光を——光じゃない何かを見る。前髪がブラインドみたいな役割をしているのに、彼の表情は鮮明に見えた。

光そっくりの顔で、彼は「え」とこぼした。長い長い……あまりにも長い沈黙に、時間が止まったような錯覚に陥る。

でも、蝉はシャワシャワと鳴き続けていた。

「なんでや」

彼が呟いた瞬間、彼の左目からにょろりと細長い何かが這い出した。その数は増えていき、頬骨や生え際からどろどろと皮膚が崩れ、あふれ出していく。

「完璧《かんぺき》に模倣《もほう》したはずやのに」

目に前髪が入ったせいだと思いたかった。

でも、何度瞬きをしてもソレは消えなかった。

黒いような、青いような、赤にも緑色にも見えた。今朝、登校途中に見た、車に轢《ひ》かれて干からびたネズミみたいでもあったし、川辺で誰かが釣り上げてそのまま捨てた魚の生臭い鱗《うろこ》みたいでもあって、雨に濡《ぬ》れた泥と冷たい笹草のようでもあった。

「お願い、誰にも言わんといて」

声を出そうとしたら吐き気に変わった。

彼が佳紀の胴に手を伸ばしてくる。無骨な腕時計をしている右手で。右利きなのに右に腕時計をつけている、忌堂《いんどう》光の手で。

視界が彼の中身で覆われて、喉《のど》の奥から胃液の酸味がジワジワと染み出てきた。

「初めてヒトとして生きたんや。学校も友達もアイスも全部初めてで楽しかった。身体も

どろ

人格も借り物やけど、お前のこと大好きやねん」

　腹立たしいくらい、目の前の彼からは光と同じ匂いがした。汗ばんだ掌の感触すら、光だった。

　どうしてその掌が震えているのか。その震えは自分のものなのかこいつのものなのか。

「やから頼む……お前を殺したない」

　蝉の声はどこかに行った。耳を自分の浅い呼吸音が覆って、その向こうから「こいつはニセモンや」と聞こえた。

　自分の前髪越しに彼の横顔が見えた。崩れて中身があふれ出た側ではなく、綺麗《きれい》な忌堂光の横顔をしていた。

　どうしてその目から涙が伝っているのか。自分の左目から同じように伝う涙の意味を考えながら、佳紀は大きく息を吸った。光の匂いがした。

「わかった」

　どちらにせよ、光はもうおらんのや。

　それやったら。

「わかった……ヒカル、よろしくな」

＊

去年の夏だったと思う。

光の家の和室でゲームをしていた。確かに夏だった。うなじにベタッと貼りつくような暑さと、畳のほのかな冷たさと、結露して濡れた麦茶のグラスを思い出した。

佳紀が「なあ光」と呼びかけても、彼はテレビ画面から視線を離さなかった。

「お前さー、希望ヶ山高出たら、どないする？」

そう聞いてやっと、光は手を止めて佳紀を見た。

「あんま考えとらんなー。多分祖父《じい》さんの椎茸《しいたけ》継ぐんちゃうかな。佳紀こそどないするん」

「俺もまだよく考えとらんよ」

この村を出たいという思いだけは、昔からあった。

山に囲まれ、住民が苗字ではなく屋号で呼び合うような、いい意味でも悪い意味でも人と人の繋《つな》がりが濃いこの場所を——外の世界がどれだけ変わろうと、地球が滅ぶまで何も変わることがないであろうこの村を、脱出したかった。

「お前は頭ええんやからさ、こんな村出て東京の大学行ったらええに」

二つで一つのチューブアイスを切り離すような言い方に、一瞬だけ言葉を失った。

自分達が生まれ育ったこの狭すぎるクビタチ村と東京は、あまりに遠すぎた。

光は、そんな佳紀の反応を見逃さなかった。

「なに、もしかしておれと離れたくないいん？」

何も言っていないのに、光は笑った。わざわざ「プスプスー！　キモー！」と声にまで出して笑った。

咄嗟《とっさ》に、「死んでくれへんかなぁ」と返した。

「もしさ、俺が東京の大学行ったら、一人暮らしやな」

「ええなー、憧《あこが》れる」

なんて言いながらも、光は「おれも東京行こかな」とは言わなかった。

東京に遊びに行ってウンコをしたくなったら佳紀の家に行くさとか、公衆トイレなんて人が多いところでウンコなんてできんやんとか、野糞ができるのは三歳まで、今もできないことはないとか――そんなくだらない話しかしない。

「それともさー、佳紀が東京でかわええ彼女作っても連れ込めんくらい入り浸ったろけ？」

そのくせ、よりにもよって、そんな話はする。

「彼女なんてできへんから」

「なんなん？　いっつもこういう話題になると不機嫌なるなあ」

彼女くらいできるやろが。笑いながら光はテレビ画面に向き直った。話はそこで終わった。

次に現れた光は、冬用の制服を着ていた。希望ヶ山高校の冬服は、男子は黒の学ランで、女子は黒いセーラー服で、そのせいか冬の廊下は一段と黒ずんで見えた。

その日の廊下は寒かった。肩甲骨のあたりから冷気が染み入ってきた。

「光」

なんの用があったんだったか、佳紀は光の肩を叩《たた》いた。

「あ、佳紀やん、どしたん」

「今度の週末なんやけどさー」

そうだ、週末に、何かあったんだ。考えても考えても、思い出すことはできなかった。

「あー……その日はダメやねん。山行くから」

「山ぁ？　なんでや」

最初は、光の祖父がやっている原木椎茸の栽培を手伝いに行くということかと思った。

でも、光の言う「山行くから」というのが、妙に意味深に感じられた。

「それはだなぁ」

ニヤリと笑った光は、「秘密ぅ～～」と担任のハラセンの顔真似をした。酔っ払ったタヌキみたいなその顔が、光は上手かった。

あのとき、自分は笑ったんだったか。「なんやそれ」と呆《あき》れたんだったか。今となっては思い出せない。

山に行った光は行方不明になり、一週間後に帰ってきた。

ベッドの上で身体を丸めた状態で目を覚ました。背中に煌々《こうこう》と朝日が当たっていて、昨夜カーテンを閉めずに寝てしまったことに気づいた。

夢だった。光が、ちゃんと光だった頃の夢だった。

それにしても、最後に見た顔がハラセンの物真似とか……しょうもな。笑ってやりたかったのに、佳紀はそのままベッドに顔を伏せた。息を止めても喉の震えは治まらなかった。

枕元に、乱暴に中身を取り出した胃薬の包装シートが落ちている。薬を飲むのに使った水のペットボトルは、ベッドの下に転がっていた。

階段を駆け上がってくる足音がした。数秒遅れで、佳紀の部屋のドアを母が荒っぽくノックする。

「佳紀ぃ！　朝ごはんだっつの！」

はっ
チュン
チュン

そんな怒鳴り声が飛んできても、すぐには動き出せなかった。最終的には母にベッドから引っ張り出され、長すぎる前髪に文句を言われながら朝食を掻《か》き込んだ。

「あーもう、光君、待ってるけどっ？　早くしな！」

着替えを済ませたと思ったら、そのまま玄関から放り出された。刺すような日差しに目を焼かれそうになる。蝉は今日もシャワシャワと騒がしかった。

ヒカルは、これまで長いこと光がそうしてきたように、玄関先で「おはよお」と笑っていた。

「きょ、今日の朝なー、おかやんがなー……」

少しだけバツが悪そうなのは、少しだけおっかなびっくりに見えるのは、昨日のことがあったからだろうか。

「アホか。時間ないんや、はよ学校行かな」

――遅れんで。

そう告げたら、ヒカルは神妙な顔で頷《うなず》いた。安心したんだろうか。佳紀が今まで通り接するから、安心したというのか。

「うん、ハラセンに怒られたないしな」

「やったら、なおさら急がんとな」

並んで自転車を押しながら、田んぼと畑に囲まれた細く古い道を歩いた。クビタチ村には電車が通っておらず、バスはあるものの通学にちょうどいい便がない。光と一緒に、自転車で一時間以上かけて希望ヶ山の高校まで通う。それが当たり前の日常だった。

山間に石垣を段々と築いて作られた田畑からは、常に湿った土と肥やしの匂いがする。通学路であるこの道だけではない。クビタチはどこだってそうだ。

夏は蝉の鳴き声がうるさい。強烈な太陽光に脱色されたのか、家も農作業小屋も車も道路標識も電柱も、石垣から這《は》い出る虫や蛇も、どこを見たって土煙を浴びたように白茶けた色をしている。

老人の数が多く、子供は少ない。同い年は光だけだった。隣にいたのは、いつだって光だった。

そうだ、光だけだった。

だから、お前が何者だろうと、側にいないよりはずっと……そう、考えてしまう。

＊

「これ、おれらがたまに食っとったやつよな」

ヤマザキのメンチカツを前に、ヒカルはまるで生まれて初めてメンチカツを食べる子供みたいな顔をした。

油の滲《にじ》んだ包み紙を両手で丁寧に抱えて、ゆっくり口を開けて、頬張る。本当に、生まれて初めてメンチカツを食べる顔をヒカルはしていた。

狐色の衣がサクッと音を立てて、淡い湯気が上がって、金色の肉汁がほのかに光る。ヒカルはすぐに「わあああっ」と声を上げた。「声でっか」と佳紀が呟《つぶや》いても、お構いなしだった。

「うめえ！　あかん、サクサク！　いや、まあ、知っとる味なんやけど」

自分のメンチカツを頬張りながら、佳紀はヒカルの大きすぎる反応を眺めていた。

確かに美味いかもしれないが、特別なメンチカツかと言われればそうでもない。高校の側にある、なんてことない「お肉とお惣菜《そうざい》のヤマザキ」の、なんてことないメンチカツ。多分、レシピに特別なことは何もない。

「不思議やな。記憶あんのに新鮮やねんな」

「ああ、そうそう。持っとる記憶は全く同じなんやけど、実感湧かんねん。もともと生きてたことないしな。こんなはっきり自我持ったん初めて」

ヒカルは、もう忌堂《いんどう》光のふりをしなくなった。光であって光ではないことを、当たり前に佳紀の前で口にするようになった。

今日の授業中に映画を観た。この映画を見せられるのは小学生の頃から数えてかれこれ五回目で、クラスメイトは軒並み机に突っ伏して寝ていた。

ヒカルだけが熱心にスクリーンを見つめ、夫に虐げられる妻を見て「かわいそすぎるぅ……」と涙を流していた。

恐る恐る「なんでこの映画で泣いとんの」と聞いた佳紀に、ヒカルは鼻水を啜《すす》りながら「記憶にはあんねん。でもおれは初めて観たやつやから」と答えた。

映画に、メンチカツ。記憶にあるけれど初めて触れるものに、ヒカルは目を輝かせる。

「はは……お前、幽霊なんか?」

「どうなんやろ。幽霊はあんましっくり来《こ》やへんな。はちゃめちゃにバケモンなんは確かやけど」

ははっと笑いながらメンチカツにかぶりつくヒカルをよそに、はちゃめちゃに化け物なのか、と佳紀は肩を落とした。

揚げ物の匂いに誘われたのか、クリーニング屋の陰から、よく肥えた白い猫がにゅるりと姿を現した。ヤマザキで飼われているような飼われていないような、半野良の白猫だ。

「あ、メンチ兄貴やん」

佳紀が呟くと、なん、なん、なん、と鳴きながら足にすり寄ってくる。

誰がメンチ兄貴と名づけたのかは知らない。エサがもらえるとわかってか、ヤマザキと希望ヶ山高校周辺によく出没する。

「こいつ、肉屋からエサもらってまた肥えたんちゃう」

ほんまや、とヒカルがメンチ兄貴に手を伸ばす。

ひょいと顔を上げたメンチ兄貴は、途端に全身の毛を逆立ててシャアアアッと鳴いた。食べ物を持った人間にはいつだって媚《こ》びを売ってくるのに、金色の目の奥にははっきりとした敵意と警戒心が見えた。

デブ猫には似合わない俊敏さでクリーニング店の陰に消えたメンチ兄貴に、ヒカルは笑うだけだった。

「あの猫、速く動けたんか」

なあ？　とメンチ兄貴が消えた方向を指さしてヒカルが聞いてくる。佳紀はなんの相槌《あいづち》も打てなかった。

「めっちゃ焦っとったなぁ。もしかしておれのせいなんかな。メンチカツ食っとるだけやのに、ごうわくなー」

ヒカルはいつの間にかメンチカツを平らげていた。それだけのことに、メンチ兄貴があんなふうに威嚇するのを初めて見たという事実が重なると、妙な薄気味悪さを覚える。

「……町の方で他に行きたいところないん？　寂れたファミレスかミオンモールしかないけど」

「え、付き合《お》うてくれるん？　佳紀は相変わらず優しいなぁ……おれなんかに」

「優しいとちゃうよ。自分に甘いやつほど他人を許すんよ」

そうだ、俺は決して、優しくなんてない。

ヒカルの中から渦を巻くようにあふれ出た禍々《まがまが》しいアレを思い出すだけで、喉《のど》が窄《つぼ》まって嘔吐《えず》きそうになる。

でも、光と同じ顔をしたヒカルに拒絶をされたくない。だから、ヒカルを拒絶できない。

それだけなのだ。

「よおわからんけど、おれにとって優しいことには変わらんやん」

ヒカルが行きたいと言うがままに、寂れたファミレスとショッピングモール、ついでにスーパーとドラッグストアのあるあたりをぐるりと回った。

どれも記憶にあるはずだし、この半年で何度か一緒に行った場所だってあるのに、ヒカルはヒカルとしてその場に立つことを楽しんでいるようだった。

高校のある希望ヶ山町はまだ栄えている方だが、夕暮れに合わせてクビタチ村に戻ると、途端に蝉の声しか聞こえなくなる。

辛うじて、秋に向けて背を伸ばす稲穂の頭を、山から吹く風が撫《な》でる音がするだけだ。

高校はもちろん、スーパーやショッピングモールや映画館のある希望ヶ山町に比べたら、こちらには何もない。あるのは神社と公民館と役場……郵便局に、駐在所。ないものよりあるものを数えた方が早い。

「あ、トンボさん」

緩やかな坂を自転車を押しながら歩いていると、ヒカルの自転車のベルにトンボが一匹止まった。

「ナツアカネや、赤とんぼ。まだそんな赤ないけどな」

「赤とんぼか。夏やのに？」

「秋の風物詩なんはアキアカネな。これはナツアカネやから」

「へえ、何がちゃうん？」

「説明すんのめんどいわ。ナツアカネとアキアカネは見た目はほぼ同じやけど、別の種類なんよ」

言いながら、喉の奥に苦味を感じた。ヒカルは感心した様子で溜《た》め息《いき》をつき、「はー、さすがエーミール」だなんて言ってくる。

国語の教科書に載っていた『少年の日の思い出』から、佳紀にエーミールというあだ名をつけたのは、一体誰だったか。

決して模範少年だったわけでも標本作りが得意だったわけでもない。

ただ一時期、ネットで得た何かにかぶれて相槌を「そうかそうか」にしていたら、エーミールになってしまった。エーミールが実際に「そうかそうか」と相槌を打っていたかどうかも記憶にないのに。

そういうことを、ヒカルはちゃんと記憶している。

ホクロの多い佳紀のことを、誰かが「北斗七星の形にホクロがある」と吹聴して、そのせいで変なあだ名がついたこともあった。ヒカルはきっと、そのことも覚えている。知らないけれど、覚えている。

見た目は光と同じでも、光でない何か。

無意識に自転車のハンドルを握り込んでいた。狂っとる。こいつも、こいつを受け入れとる俺も。掌が汗で湿って、普通になんやねんアレ！　と叫びたくなる。

怖い怖い怖い、勘弁してくれ。お前がずっと怖い。

そう怯《おび》えるのと同時に、でも一人になりたない、と思ってしまう。誰かに対してごめんなさいごめんなさいと繰り返し謝りながら、それでも思ってしまう。

「あ、そうや。今度、佳紀ん家《ち》でさー、『マスターマスター』の続き読ましてや」

こちらの胸の内など知らぬ顔で、ヒカルが呑気《のんき》に話しかけてくる。

「ああ、ええよ、どこまで読んだん？」

「ロンが島出た」

「ゼロに等しいレベルで序盤やな」

桃太郎だったら、お爺《じい》さんは山へ柴刈《しばか》りどころか家で布団に寝転がっている。

「ええよ、今度うち来て読めば。でも三巻だけないで」

「それはなんとかなるからええねん。なんで一巻が十一冊あるんかが気になってたんやけどね」

それには訳があって……と言いかけた瞬間、道の先から金切り声が飛んできた。曇りガラスをザラザラの爪で引《ひ》っ掻《か》いたような、耳障りな悲鳴だった。

この真夏に長袖《ながそで》のトレーナーを着込んで道の先に立ちすくんでいたのは、松浦《まつうら》の婆さんだった。夕方になってだいぶ気温も下がったのに、額に脂汗が浮かんでいるのが離れていてもわかった。

「あ、ああ……なんでやあ……」

カラカラに乾いた干しぶどうみたいな目を震わせて、こちらを見ている。

正確には、ヒカルを見ている。

「〈ノウヌキ様〉が、下りてきとるやないかああ」

皮と骨と言うより皺《しわ》と骨ばかりの手をガタガタと揺らしながら叫んだ松浦の婆さんに、ヒカルが「うわ、なんや、怖っ」と目を瞠《みは》る。

「ひいぃ！　来るなぁ！　去《い》ねぇ、去ねええええっ！」

声は決して大きくなかった。でも、声の出し方を忘れたような歪《いびつ》な金切り声に、自然とこちらは眉間《みけん》に皺が寄る。

「構うな構うな。こういうの、ほんとに嫌やねん」

松浦の婆さんがときどきああやって奇怪なことを言いながら家の外を歩き回っているのを、村人はみんなかわいそうに思っている。

佳紀だって同じように思ってはいるが、こうやって絡まれるのは堪ったものではない。

「行くで」

乱れた白髪を直しもせず、息を震わせながらこちらを見つめる松浦の婆さんに、佳紀は背を向けた。「あ、待ってよ」とヒカルが大人しくついてくる。

少し遠回りになるが、別の道を通って帰ることにした。蝉の声はもう聞こえず、橙色《だいだいいろ》に染まった田んぼからゲコゲコと蛙の大合唱が聞こえた。

ゲコゲコ、ゲコゲコ……ヒカルを「ノウヌキ様」と言った松浦の婆さんの顔が、脳裏に焼きついて離れない。

「なあ……」

佳紀の家の前で「また明日」と言ったヒカルに、佳紀は思わず問いかけた。

「光はやっぱり、死んでもうてるん」

ヒカルの目は見ないようにした。それでも前髪のあたりにヒカルの視線を感じた。

じわじわとした沈黙の末に、彼は「うん」と頷《うなず》く。

「この身体、脈も体温もあるけどなあ、もう死んどるんよ」

自分の胸に手をやったヒカルが、しみじみと呟《つぶや》く。

もう死んどるんよ。その一言が、ずっと聞けずにいたことを佳紀の中から引きずり出す。

「それは、お前が」

「それはちゃう！　おれが遭遇したときにはもう虫の息やったもん。間違いないよ。おれが覚えとるんは、ずっと山ん中をさまよっとって、とにかく長い時間そうしてて、もう何も感じんくてさ。ずっと〈機械〉みたいな感じやってん」

ヒカルが弁解しているようには聞こえなかった。こいつが光を殺したわけではない。ぼんやりと、そんな予感がしていた。

「そしたら〈光〉が死にかけてて、で、気づいたらこうなっとった」

「お前、俺のこと好きか？」

唐突な問いに、ヒカルが「え……なに」と息を呑《の》む。答えは期待していなかった。でも、玄関の戸に手をかけた佳紀に、ヒカルは確かに「好きや」と言った。言ってきた。

「めっちゃ好き」

ヒカルの顔半分に夕日が差し、もう半分に黒い影ができていた。ヒカルの表情は半分しか見えなかった。それでも、彼が微笑んでいるのはわかった。

前は、そんなこと一言も言わんかったなあ。そんな本音を飲み込んで、佳紀は息を吸う。

「やったら、もう勝手に、いなくならんといてね」

ヒカルの顔をそれ以上見なかった。玄関のガラス戸を開け、後ろ手に閉めると、思っていたより大きな音を立てた。

橙色が滲《にじ》む曇りガラスの向こうから、ゲコゲコと蛙の鳴き声だけが聞こえた。

2

「来るなっ、来るなあっ！」

布団を頭から被って、松浦は玄関の戸に向かって叫んだ。自分の吐き出した息が布団の中に籠《こ》もり、鼻先を汗が伝った。

ガラス戸から差し込む月の光に、玄関の床板がうっすらと照らし出される。かすかに木目が見える。自分の骨と皮ばかりの手が、その上でカタカタと震えていた。

時刻は午前零時を回った。明かりをすべて落とした自宅は暗く、静かで、松浦の浅い呼吸の音しか聞こえない。

なのに、

「松浦さ～ん、宅急便で～す。松浦さ～ん？」

真っ暗な玄関の向こうから、若い男の声がする。その声は、いつも荷物を届けてくれる佐藤《さとう》という配達員の声とは別物だった。

誰もが寝静まった夜のクビタチ村に、配達員の溌剌《はつらつ》とした声だけが響いている。

「開けんぞおっ……」

喉《のど》の奥から絞り出すと、布団の端が何かに当たり、カランと音を立てた。盛り塩がひっくり返っていた。

暗がりに、壁に貼られたお札が白く光っている。光っているのに、声は途絶えない。

「あれ～……留守なんかな。宅急便でーす……」

「こんな夜中に来るわけがっ」

あるかっ……吐き捨てようとして、喉が震えて言葉にならない。ふう、ふう。息を深く吸えず、冷や汗ばかりが頬を流れていく。

「いるんですよね？　こっちも荷物渡せないと困るなー」

松浦さーん、松浦さーん。

声は止まらない。

松浦さーん、松浦さーん……。

「松浦さ〜〜〜ん」

い、い、い……言葉に詰まりながら「入れへんぞ」と吐き捨てた瞬間、

「もう入ってますよ」

にこやかな声が、背後から聞こえた。

後ろを振り返っても、明かりの消えた廊下があるだけだった。

音もなく、人の気配もなく、ただ、明かりの消えた廊下があるだけだった。

第二章　どうしたって光なのだから

1

「ねえ佳紀、ほんまに頼むっ」

机を引きずるガリガリという音に抗《あらが》うように、巻《まき》ゆうたは懇願してきた。

掃除の時間特有の埃《ほこり》っぽく乾いた香《かお》りが教室に渦巻く中、辞書で「野球部」と引けばサンプルとして載っていそうな見事な坊主頭の巻の目は、結構必死だった。

だから、咄嗟《とっさ》に「嫌や……」と返してしまう。途端に巻は「えええ～っ」と運び終えた机に突っ伏した。

「ちょっとついてくるだけでええにっ。なんでや！」

「普通に怖いの嫌って言うてるやん」

それでも諦《あきら》めてくれない巻に、佳紀は箒《ほうき》を持ったまま目を逸らした。このやり取り、掃除が始まってからかれこれ三回目である。

「ねー、なに？　うるさいんやけど」

ほんのちょっと顔を顰《しか》めた田所結希《たどころゆうき》が、ゴミ袋片手に歩み寄ってくる。

「どしたん」

佳紀よりも巻よりもずっと低い位置にある肩から、二つ結びにした髪の先っぽがするりと落ちる。呆《あき》れて溜《た》め息《いき》をついたみたいに。

「オレさあ、いつも東門の山道通ってアシドリまで帰っとるやん」

「あー、そうね」

希望ヶ山高校に通うのは近隣の中学校出身の生徒ばかりだ。こんな辺鄙《へんぴ》な場所にあるなんてことない県立高校に、遠方から進学してくる人間はほとんどいない。

クビタチ出身の佳紀と、希望ヶ山に家がある結希は小学校こそ別々だが同じ希望ヶ山中学の出身で、巻は自宅のあるアシドリ地区の中学出身だ。

町を見下ろす山の中腹に建つ希望ヶ山高校からアシドリへの最短ルートは、巻の言う通り東門から続く山道を抜けるルートだった。

「山道にあるトンネルが今、工事中やねん。やからさぁ、普段使わん林道を通らなあかんねんけど」

言葉を切った巻が、短く息を呑む。

「その林道が、めっっっちゃ怖いねん！」

はあ？　と首を傾げかけた結希に、佳紀は「やから、俺についてきてほしいんやってさ」とつけ足す。

結希は今度こそ「はあ？」と溜め息をついた。

「しょうもな……」

「ただ怖いだけやないねん。林の中が見れへん。なんというか、道にしか目をやれん」

要領を得ない説明に困惑する結希をよそに、長身の女子生徒が一人、「えー怖ぁ！」と割って入ってくる。

「めっちゃ気になるんやけど！」

猫っ毛のショートカットを揺らし、揚げたてのコロッケみたいなカラリと明るい声で「気になる気になる！」と繰り返す。

同じ中学出身のこの山岸朝子《やまぎしあさこ》は結希の親友で、身長が一七〇センチもあって、あと腕相撲が異常なまでに強い。

「で、それって怖くて見れんってこと？」

ぐいっと身を乗り出して聞く朝子に、気をよくした巻が饒舌《じょうぜつ》に話し出す。

「いや、最初は怖なかったよ？　でも林の中を見ようとしても、気づいたら道を見とってん。それで怖なったんだわ。やから佳紀、ついてきてえ〜」

またこれだ。

「嫌や、余計怖いし」

「肝試しと思えばええやろっ」

「肝試しって……そんなんたまに来るアホ観光客しかせんて」

希望ヶ山町には意外と心霊スポットが多い。有名なトンネルを目当てに観光客がやってくるくらいだ。

「でも佳紀、本当は肝試し得意やんな。前行ったときすごかったやん」

「いや、それは」

言いかけたら、朝子まで「一人だけRTAみたいな動きしてたやんな」と笑い出す。あれは便所に行きたくて焦っとっただけで普通にびびり散らかして……そんな言い訳を遮って、今一番混ざってほしくなかったやつが、軽やかな足音と共にやってきてしまう。

「なんや、おもろい話しとるやん！」

おれも行きたい！　そう言って輪に入ってきたヒカルに、巻も、結希も、朝子も、「え？」と目を瞠《みは》る。

逆に、ヒカルが「え？」と困惑する羽目になる。

「だ……大丈夫なん？　光、こういうの一番苦手やったろ」

恐る恐る切り出した巻に、結希が「ホラー映画観て、二時間気絶しとったやん」と頷《うなず》く。

「あー……」と頬を掻《か》いたヒカルの視線が、ぬるりとこちらを向いた。

「それがな、最近大丈夫になってん」

——なあ、佳紀。

ヒカルがわざわざ同意を求めてくる。朝子がヒカルと佳紀を交互に見やって、最後に佳紀を見た。「あー……、うん」と絞り出すと、決まりだとばかりに巻は笑顔になった。

「じゃあ、とりあえず佳紀、結希、朝子、あと光やね。ほんま心強いわ」

ふと周囲に視線をやったら、掃除はほとんど終わっていた。綺麗《きれい》に整列した机に、窓から滲む白い日差しが反射する。

朝子や結希の着るセーラー服の赤いスカーフが、佳紀の目には妙に鮮やかに映った。

「んじゃ、放課後、東門な」

能天気な巻の声に反して、その後ホームルームのために教室にやってきた担任のハラセンは、怠そうな顔をしていた。怠そうに、ちょっとベタッとした口調で話す。光が真似するのが上手だった顔。

ハラセンは「ホームルーム始めるでぇー」と間延びした声で号令をかけて、こんな話をした。

「あー、今朝、クビタチの方で遺体が発見されよった。事件性はないっちゅう話やけど、結構な騒ぎになっとるな。まあ、パトカー見ても驚かんようになあ、うん」

チャイムが鳴る。似ても似つかない音のはずなのに、今朝方に聞こえたパトカーのサイレンと重なる。

東門から伸びる山道は、例に漏れず蝉がシャワシャワとうるさかった。誰も何も言わないから、余計にそう聞こえる。

「ユーちゃん、怖い？」

最初に口火を切ったのは朝子だった。

「はあ？　別に、ちゃうけど～」

なんて言う結希の顔は、少しだけ強《こわ》ばっていた。

「それより、帰りのホームルームでハラセンが言うとったやつ」

あっちの方が……そう言いたげに言葉を切った結希に、先頭を歩いていた巻が「ヤバい死に方してたんやろ？」と振り返る。

静かに、右手を口元へと持っていく。

「自分の手を無理矢理、喉に詰めて死んだって」

「本当かどうかわからんけどな」

咄嗟に佳紀はそう言ってしまった。

今朝、クビタチのとある民家の前にパトカーが来ていた。

あの家は、松浦の婆さんの家だ——昨日、ヒカルを見て「ノウヌキ様」と叫んだ、あの松浦の婆さんの家。

「あの婆さん、前からちょっと……」

「仕方なかったんよ」

唐突に、ヒカルが言う。

佳紀を見ることもせず、なんでもないことのように、当然とばかりに、「仕方なかった」と言った。

その背中を呆然《ぼうぜん》と見つめる佳紀の後ろで、結希の声は沈んでいた。

「でも今日、希望ヶ山にもパトカーが来てたんよ。女の人が……多分、死んじゃったお婆さんの娘さんが、泣き崩れとったし、かわいそうやね」

「最近、やけに暗い話が多くて嫌んなるねえ」

消え入りそうな朝子の呟《つぶや》きに、自然とみんな押し黙ってしまう。

確かに、朝子の言う「やけに暗い話」をよく聞くようになった。クビタチの駐在が日課のパトロール中に怪我をしたとか、希望ヶ山の方で交通事故が頻発しているとか。

一つ一つは「たまたま起こった悪いこと」なのに、こうやって並べてみると薄気味悪く思えてくる。

次から次へと悪いことが起こって、しかもそれがどんどん深刻なものになっている。今回は人が亡くなった。次はもっと酷いことが起こるかもしれない。

重苦しい沈黙を破り捨てるように、朝子が「あっ」と普段通りの溌剌《はつらつ》とした声で前方を指さした。

「林道ってあっこ？」

山道の途中、ガードレールの列に穴を開けるように細い道が延びていた。

二重三重に木々に覆われ、黒い影の塊が蹲《うずくま》っているみたいだった。「道路状況悪し」「落石・段差あり」なんて物騒な看板は立っているし、標識には青黒い苔《こけ》が生えている。

「まあ、キモいな」

佳紀は思わず声に出してしまった。饐《す》えた匂いまでしてきそうな雰囲気だ。

「うおお、怖い怖い。はよ入ろ」

置いていかんでよ？　死ぬかもやから！　死ぬかもやから！　しつこく繰り返す巻を先

頭に、鬱蒼《うっそう》とした林道に足を踏み入れた。

誰も何も言わず、恐らく全員がうっすらと息を止めて。

そして、あっさりと林道を抜けた。

「——あれ？」

真っ先に巻が言った。「なんか、全然普通やったわ……」と。

「何もなかったな」

薄暗かった林道の先は眩《まぶ》しく、佳紀は堪らず顔を顰《しか》めた。

隣で朝子と結希が「普通に林の中見られたね」「怖さゼロ」と言い合っていて、ヒカルは大欠伸《あくび》をしていた。夕方になってもなかなか気温が下がらないが、この時期にしては風が爽《さわ》やかだ。

たった今歩いてきた林道を佳紀は振り返った。こちら側から見る林道はそこまで不気味ではなく、金色の木漏れ日がチラチラと踊っていた。

「お前ら、ありがとぉ！　オレの思い込みでした。気ぃつけて帰ってくれぃ」

深々と頭を下げて手まで合わせてくる巻を残し、来た道を戻ることになった。ただただ、帰宅する巻をみんなでぞろぞろと送っただけで終わった。

「また林道通って帰らなあかんのだる」

「めっちゃえらいわー」

「あっ、虫に刺された」

「涼しいのだけが救いやな～」

言葉を交わす結希と朝子から少し離れて、ふと木々の向こう側を見た。靴底が土と落ち葉に擦れ、ざらりと湿った音を立てた。

シャワシャワと蝉が鳴いている。風に木の枝葉が揺れているはずなのに、不思議とその音は聞こえない。

川底の泥のような深い深い影に紛れて、真っ白な「く」が見えた。

「……く」

「く」だった。間違いなく、ひらがなの「く」だ。ひらがなが、木々の隙間にぼんやりと浮かんでいる。

こちらを、見ている。

文字に目なんてないはずなのに、間違いなく、見ている。

暗がりでぬるぬると幹を光らせる木々と並んで立つ「く」が、息をするみたいに蠢《うごめ》く。鉈《なた》を振るうようにくねくねと揺れて、白い何かが尾を引いた。

くねくね、くねくね。その先っぽに人の、老婆の顔がある。尾を引いているのが老婆の

く

白髪だと気づいて、佳紀は慌てて目を逸らした。

ソレが、くねくねと身体をくねらせながら自分に迫っているのが、気配でわかった。音がする。ぶるんぶるんと首を振るう音、老婆の白髪がなびく音。

それが、徐々に大きくなっていく。

随分前に、ネットで見かけたことがある。田んぼや川辺に現れる、白いくねくねの都市伝説。

見ると、精神に異常を来《きた》す。

「佳紀」

ヒカルの声がした。顔を上げると、彼は何事もないかのような顔で佳紀を見ていた。

「あーあ、見てもうたん？　ダメやんか」

――ついてきとるで。

ヒカルの視線が、佳紀の背後に移る。ぶん、という音は、耳元まで迫っていた。

「おいで」

ヒカルの口調は穏やかだったが、相手の胸ぐらを掴《つか》むような奇妙な力強さがあった。

次の瞬間、乾いた破裂音と共にヒカルは仰向けに倒れた。鼻の先から真っ赤な雫《しずく》が飛んで、佳紀の前髪を掠《かす》めていった。その様があまりにゆっくりと流れていって、佳紀は口をあんぐりと開けたまま動けなかった。

「なにっ？　なに今の音っ！」

真っ先に叫んだのは朝子だった。結希の腕を引っ掴んで、林道の出口に向かって一目散に駆け出す。

「あーちゃん⁉　えっ、待ってどこ行くんっ？」

結希が朝子の名前を連呼する。その声は、あっという間に遠ざかっていく。

我に返って、ヒカルに駆け寄った。

「おい、なあっ、ヒカル！」

抱き起こしたヒカルの鼻から、真っ赤な血が一筋、唇に向かって走っていく。ヒカルはそれを乱暴に掌で拭《ぬぐ》った。

「大丈夫か⁉」

「あー、ただの鼻血。ちょっとティッシュ持っとらん？」

鼻を啜《すす》りながら顔を上げたヒカルに、佳紀は首を横に振った。仕方がないとばかりに、ヒカルは鼻を押さえたまま立ち上がった。

「なにしたん……おかしいで、なんか……」

「あいつ、お前にくっつこうとしとったから、潰《つぶ》しておれん中に入れた」

ぶしっ、と鼻を鳴らして、平然と歩き出す。

「あー、吸い込む？　飲み込む？　みたいな……でも抵抗されて鼻血出してもた」

動けずにいる佳紀を見つめるヒカルの顔は血で汚れていて、頬骨のあたりが生々しいピンク色をしていた。

「つーか、佳紀さあ、おれ以外のこと、見やんといて」

真剣な眼差しで、そう訴えてくる。

「見るからついてくんねん。あいつら、寂しがりやぞ？　お前が見るのはおれだけでええの。お前にくっつくのもおれだけでええ」

答えられずにいる佳紀のワイシャツの袖《そで》を、乱暴に引っ張ってくる。

「理解力ないなあっ！　とにかく見んな。見てもうたらおれに言って」

ぐいぐいと袖を引っ張ってくるヒカルに、なんとか「わかったから服伸ばさんで」と絞り出す。声が擦れ、ほとんど言葉にならない。

「――あ、出てきた！」

そのまま林道を出ると、日向で朝子と結希が待っていた。

「ごめん、二人のこと置いて走って……」

言いかけた朝子が、ヒカルの顔を見てギョッと目を見開く。

「え、血出てるやん！」

「途中で転んでもた」

血で汚れた指先でピースサインを作って、あっけらかんとヒカルは答える。

「なんか、パァンって音したけど……」

「獣除けの空砲の誤作動ちゃうか？　別に何もなかったで」

朝子の視線が林道に向けられる。怪訝《けげん》そうに眉《まゆ》を寄せた朝子は「そっか……」と肩を落とした。

「佳紀も怪我ない？」

額の汗を拭いながら、結希が聞いてくる。ああ、うん、大丈夫。そう答える自分のことを、ヒカルが見ている。傾いた日差しよりずっとじりじりと、首筋のあたりにヒカルの視線を感じた。

＊

ヒカルが朝子の強烈なスパイクを顔面で受けたのは、五限の体育の授業中だった。

「サッカー以外の球技、ほんま苦手やあ……」

保健室で丸椅子に腰掛け、鼻をティッシュで押さえながら、ヒカルは肩を落とす。釣られて佳紀も同じように腰を下ろした。

「朝子のボール、相変わらずヤバかったなあ。一瞬、時空歪《ゆが》んどったもん。ぐにゃああって」

倒れ込んだヒカルに朝子は何度も何度も謝っていたが、体育館に響いたドゥン！　という鋭く重い音は、しばらく忘れられそうにない。

「すごい擦り傷できとるけど」

ヒカルの右腕は、肘《ひじ》から手首にかけて火傷でもしたみたいに真っ赤になっていた。ところどころ、点々と血が滲《にじ》んでいる。

「忌堂《いんどう》」と苗字が刺繍《ししゅう》されたヒカルの体操着にも、同じように鼻血が小さな染みを作っていた。

「あー、ほんまや」

「痛くないんか？」

「いた……いんかな？　おれ、痛覚ほぼないねん」

保健室に誰もいないのをいいことに、ヒカルは唐突にそんなことを言い出す。心臓を鷲《わし》掴《づか》みされたような寒気が、一緒に襲ってくる。

「全然、完璧《かんぺき》な模倣《もほう》ちゃうやん」

擦り傷に大きな絆創膏《ばんそうこう》を貼ってやりながら、思わず口にしてしまう。

ヒカルが人間でないことなんて、嫌というほど思い知った。でも、まさか、こいつが痛みすら感じないだなんて。

「え？」

鼻にティッシュを詰めて首を傾げたヒカルから、佳紀は目を逸らした。

「……にしても、お前、よう鼻血出すな」

「あー、この前の林道んときなー」

パァンという破裂音と、鼻血を吹いて倒れたヒカルが、脳裏で蘇《よみがえ》る。あまりに鮮やかで、喉《のど》の奥が窄《つぼ》まって息が苦しい。

「あんとき何が起きたんか、未だに、ようわからん」

「やから、おれん中にぃ……」

収まりが悪かったのか、鼻の穴にティッシュを詰め直しながらヒカルはふと黙り込んだ。

顔を上げた彼は、新しい遊びでも思いついたみたいな顔で「そうや」と笑った。

「おれん中、見せたるよ」

イエスともノーとも言えず、そもそもヒカルが本気で言っているのかさえも判断できずにいると、養護教諭が戻ってきてしまった。中年の気さくな先生で、ヒカルに「どう？ 鼻血止まった？」と笑いかける。

ヒカルの鼻血はほとんど止まっていた。五限の終わりを告げるチャイムが鳴るのに合わせて教室に戻ると、朝子が「ごめん！ 大丈夫やった？ 超ごめん〜！」と何度も手を合わせてきた。

「めっちゃナイスアタックやったわ〜」

鼻にティッシュを詰めたまま、ちょっと籠《こ》もった声で笑うヒカルに、さっきの言葉の意味を再び聞くことはできなかった。

ただ、放課後に佳紀を体育館に連れていったヒカルは、何食わぬ顔で倉庫の重たい扉を開けた。

絆創膏の貼られた右手で佳紀の腕を掴み、そのまま倉庫に連れ込んだ。

「なーんか、変態くさいな、この状況」

ワイシャツのボタンを一つ、また一つと外しながら、ヒカルの視線は倉庫の扉に向いていた。

バスケ部とバレー部の練習の声が聞こえてくる。シューズが体育館の床を擦る甲高い音、ホイッスルの音、誰かのかけ声に、ボールが床を打つ音、笑い声。忙しなく、騒がしい。扉一枚隔てた倉庫の中は、静かで空気が籠もっていた。

カビと埃《ほこり》と人の汗が混ざった煙たい匂いがする。バスケットボールがぎっしり詰まったカゴ、得点板、跳び箱、あちこちから同じ匂いがただよっている。

折り畳まれた体操用のマットに腰掛け、佳紀はヒカルから顔を背けた。

窓から差し込む光に照らされて、倉庫内を舞う小さな埃が金色に光っていた。

「もう、なんなん。わからんわからん」

顔を顰《しか》めたら、鼻息で埃がヒカルの方へ飛んでいく。その行方に視線をやって、言葉を失った。

「……なんや、コレ」

シャツのボタンをすべて外したヒカルの胸から腹にかけて、細い切れ目が走っていた。

ヒカルを縦に裂こうとするみたいに割れた皮膚からは、一滴の血も流れていない。

ただ、ぱっくりと黒い口が開いている。

「手ぇ入れてみる？」

小さく微笑んで、ヒカルは佳紀の腕を掴んだ。こちらが「え？」と漏らす間すら与えず、黒い切れ目に佳紀の手を誘う。

ヒカルの身体に走る細い細い切れ目に、佳紀の左手はあっさり飲み込まれた。指先を湿った舌で舐《な》め取られた感触がして、喉の奥で悲鳴を上げた。

「うわっ……」

咄嗟《とっさ》に引き抜いてしまいたくなったのに、ヒカルの中の何かがそれを許さない。

指の一本一本を緩やかに締めつけられる感覚は、水を張った田んぼに足を入れたときと似ていた。

ずるずると引き込まれて、徐々に息ができなくなるような、そんな感覚と。

「なんか、今、変な」

それだけじゃない。

何かが自分の中に染み込んでくるのが、わかる。ヒカルの中身が蠢《うごめ》きながら、佳紀を検分している。

冷たくて、生き物の気配がない。でも動いている。ねちゃり、と音が聞こえそうな感触に、肩甲骨のあたりが強《こわ》ばった。

「どお?」

ヒカルの問いに、自分の首筋が粟立《あわだ》っていると気づいた。

うなじを、脂汗が伝っていく。

「……タレに漬けた、鶏肉に似とる」

冷静に、冷静に、奥歯を噛《か》んで、強がった。息を吸うと、喉の奥がひゅうと音を立ててしまう。

「ひんやりしとる」

「お前はなんか、あったかいな」

ふふっと笑ったヒカルは、随分と楽しそうに自分と佳紀の繋《つな》ぎ目を見下ろした。

「ええなあ。生きてるもんが中におる感覚、久々や」

こんな行為を、こいつは以前に他の誰かとしたことがあるのだろうか。

それとも別の方法で、〈生きてるもん〉とやらを、体内に取り込んだことがあるのだろうか。

それは——。

「なあ、もっと手、持ち上げてみ」

微笑んでいるヒカルに言われるがまま、佳紀は左手を動かした。鶏肉のような、田んぼの泥のような、それらよりずっとずっと禍々《まがまが》しいものの中を、上っていく。

ヒカルの裂け目は大きくなっていった。

ペリペリと音が聞こえそうなほど軽快に切れ目は広がり、ヒカルの鎖骨、首、顎《あご》と伸び、あっという間に口元に届く。

ヒカルはそれを笑って見ていた。頬を紅潮させて、いやに湿っぽい吐息をこぼす。

そのまま、静かに佳紀の肩を抱いてきた。

「うわー、そこ、気持ちええ」

背中をぶるりと震わせたヒカルの手は温かい。中身はこんなに冷たいのに、掌はちゃんと温かい。

額を掠《かす》めたヒカルの鎖骨は硬く、つむじのあたりに当たる彼の吐息はやはり湿っていた。

こちらの呼吸が震えていることに、彼は気づいているのだろうか。

「これ、気持ちいいん？」

「頭撫《な》で撫でされるんと一緒や。こんなとこ、触られたことないし」

ヒカルの言葉尻《ことばじり》が果てるように消えて、かすかに生唾《なまつば》を飲み込む音が聞こえた。

咄嗟に腕を引き抜きたくなった。それを見透かしたように、ヒカルの中身が佳紀の腕を強く締めつけて——引きずり込もうとする。

「引っ張られとるっ……」

今度こそ悲鳴を上げて、ヒカルから左手を引き抜いた。あっさりと佳紀を解放して、ヒカルの裂け目は自動ドアが閉じるみたいにするりと消えた。

「ビビった？」

喉が震える。深呼吸を繰り返す佳紀を前に、ヒカルは腹を抱えて笑っていた。「くそ」と吐き捨てて、シャツで左手を拭《ぬぐ》った。

自分の手には、何もついていない。血とか、それ以外の体液とか、ヒカルの中にあったものは何もこびりついていない。

なのに、指先、掌、甲、手首、すべてにヒカルの中身の冷たく生々しい感触が残っている。

「おい、別に汚《きたな》いわ」

心外だとばかりに、ヒカルが笑いながら肩を小突いてくる。裂け目のなくなったヒカルの肌は、当然のように光の裸体だった。

「なに？　服？」

楽しげに小首を傾げて、ヒカルは「出血大サービス〜」とシャツの前を大きく開いた。

体育館から、とびきり大きなホイッスルの音が聞こえて、急に静かになる。誰かが悪質なファールでもしたんだろうか。

ヒカルの肌から顔を背けたまま、その静けさに耳を焼かれた。

「え、ちょっと、なんや……」

あまりに重たい沈黙に、ヒカルの声が揺らぐ。

すっと伸ばされたヒカルの手を、気がついたら勢いよくはたき落としていた。静まりかえった倉庫に乾いた音が響いて、困惑したヒカルの笑い声に変わる。

「あは、嫌がられてもた」

ヒカルを拒絶した左手が熱かった。痛みだけではない。皮膚がただれそうな鋭い熱を持っている。

それを振り払うように、佳紀はヒカルの頭を撫でた。大型犬を撫で回すみたいに、わしわしと髪を掻《か》き回《まわ》す。「うわ」と声を上げたヒカルは随分と気持ちがよさそうで、楽しそうだった。

「はよ服着ろや。蛮族か、お前は」

「あはは、そうかも」

犬が尻尾《しっぽ》を振るように頷《うなず》くものだから、堪らず「ふははっ」と笑ってしまった。乾いた土に雨水が染み込むように、自然と笑い声が出た。

でも、ヒカルの顔を見ることはできなかった。見た瞬間に笑みが引っ込んでしまいそうな気がした。

こいつはヒカルなのだ。光ではない、ヒカルだ。

でも、その顔は光なのだから。どうしたって光なのだから。

＊

母から買い物を頼まれたのを狙ったかのように、妹のかおるから〈激辛わさがらし買ってきて〉とメッセージが届いた。

スーパーノゾミとロゴの入ったカゴに、母が買い忘れたというマヨネーズを放り込み、調味料のコーナーで激辛わさがらしを探してやる。

わさびとからしを混ぜ合わせた、ただひたすら辛いだけのご飯のお供なのだが、かおるはこれが好きだった。中一のくせに、食の好みだけは渋すぎるのだ。正直、辛いばかりで不味《まず》いと佳紀は思っている。

随分前に光とノゾミに来て、こうやって激辛わさがらしを買ったときがあった。軽快な店内ソングを口ずさみながら、あいつも「かおるはようこんな不味いもん食うよな」と言っていた。

買い物を頼まれたからと学校を出てすぐに別れたが、今日もヒカルが一緒だったら、同じことを言ったのだろうか。

左手にしつこく残る〈タレに漬け込んだ鶏肉〉の感触に、拳《こぶし》を握っては開くを繰り返した。

激辛わさがらしをカゴに入れ、ついでにかおるが好きな七味なめたけも手に取る。空いているレジを狙ってカゴを置くと、眼鏡をかけた中年の女性店員がおもむろに「あれっ」と佳紀を見た。

顔を見た瞬間、しまった、と思った。

「辻中《つじなか》さんとこの息子やないの」

大きく息を吸ったと思ったら、無駄によく通る声で笑う。よく野菜をくれる西田屋《にしだや》のおばさんだった。団子のように丸々とした鼻の横に、丸々としたホクロがある。

「あっ、どうも……」

それで終わってくれるわけがなかった。商品を一つ一つレジに通しながら、西田屋のおばさんの口は扇風機のように回転を止めない。

「妹さんは元気なんか？　なんや、学校もよう休んどるらしいけど。山崎《やまざき》さんのとこもなあ、心配しとったでぇ。朝起きられないとかなんとか言うとったらしいけどねえ、朝眠いんはさー、みんな一緒やないのぉ。かおるちゃんまだ中一やろ？　あんまり甘やかしたらあかんに、ほんま。まあなー、お母さんは東京の人やから、教育も都会式なんかもしれんけどね。そういえばこの前もお母さんとお父さん、喧嘩《けんか》しとったやないの。みんな心配しとったでー。あんな夜中になあ。佳紀君も大変やったやろー。困ったことあれば頼ってええんやからねー。そういえば写真部、頑張っとる？　うちの息子は昔は陸上部でなー、大会で二位だか取ってなあ——はいっ、七百円になりますっと」

たたたたたーんとレジを操作し、表示された合計金額を指さす。「あ、どうも」と千円札を差し出す自分の声は、笑い出したくなるくらいか細かった。

「はい、おつり！」

三百円を佳紀に握らせるその手は力強い。お釣りごと投げ出したいくらい、強くて鬱陶《うっとう》しい。

「あと佳紀君、前髪切った方がええで」

げっそりとした気分で、ノゾミを出た。日が傾いたせいか、カラスの鳴き声が忙しない。

「嫌いやなあ」

誰もいない駐輪場で、自転車の鍵《かぎ》を外しながら、呟《つぶや》いた。

ハンドルに伸ばした手を、突然、掴《つか》まれた。

「あかんよ、あかん」

ノゾミのレジ袋を手にした中年の女が、酷く真剣な顔で佳紀を睨《にら》みつけている。

地味なひっつめ髪にTシャツにスウェットパンツ。ノゾミや隣のドラッグストアにいつでもいそうな風貌《ふうぼう》なのに、目だけが違う。

とても禍々《まがまが》しい者を前にしたみたいに、視線が強ばっている。

「え？」と後退《あとずさ》ろうとした佳紀のことを逃がすまいと、手にさらに力がこもる。

「兄ちゃん、今すぐやめなさい」

「あ、あの……」

まさか、俺が自転車泥棒にでも見えたのだろうか。弁解しようとした佳紀に、彼女は
「ああ、ケッタのことやなくて」と首を横に振る。

「通りすがりの主婦が何言っとんの？　って感じよね。でも、あんた、ものすごくヤバいもんの近くにおるから」

無自覚やないでしょ？

佳紀を見据える彼女の視線があまりに鋭くて、頷いてしまいそうになる。

ああ、そうだ。俺は確かに、〈ものすごくヤバいもん〉の側にいる。今日なんて、そいつの中に触れてしまった。

わかっていた。あのとき、ヒカルがその気になれば、あいつは俺を取り込んでしまえた。

「今すぐ離れなさい。このままやと〈混ざる〉で」

夕闇が迫る駐輪場で、通りすがりの主婦は確かに〈混ざる〉と言った。彼女の鬼気迫る表情に、掴まれていない左手が震えた。

指先から、ヒカルの中の感触が這《は》い上がってくる。

＊

「光なら奥で寝くさっとるに」と光の母が言った通り、扇風機が強で回る散らかった和室で、ヒカルは白目を剥《む》いて寝入っていた。

縁側から、午後の燦々《さんさん》とした日が差し込んでいる。

エアコンのない和室はじっとりと暑く、扇風機が送る風もどこか重たい。だらしなく腹を出して寝息を立てるヒカルを凝視していたことに気づいて、佳紀は慌てて帽子を脱いで座布団に腰を下ろした。こめかみから細い汗が伝った。

「じろじろ見とる割に起こさんのかい」

ヒカルの足が飛んできて、佳紀の腕をドンと蹴る。ああ、やっぱり気づかれていた。

とん、とん、と足で佳紀を揺すってくるヒカルを半分無視していたら、痺《しび》れを切らしたた様子でヒカルはプロレス技を仕掛けてきた。ひとしきり佳紀を組み伏せると満足したのか、

「ふー、勝った勝った」と立ち上がる。

「さっきなんか持ってきとった？」

なんだよ、そのときから起きてたのかよ。畳に突っ伏したまま、毒づく代わりに「親戚《しんせき》からスイカもろうてん。おすそわけ」と答えた。

「えっ、スイカ？　おれの好きなやつやん、おれが世界一上手く食えるやつやん」

「知っとるよ」

「漫画みたいに食えるで。タネマシンガンも出したろか」

それも、知ってる。

あれはいつだ。小学校に上がったばかりの頃だった気がする。この和室の目の前の縁側で、光とスイカを食べていた。

半月切りの大振りなスイカを両手に持って、光は「〈漫画食い〉をする」と言って聞かなかった。

「おい、佳紀。見とってやあ」

大口を開けた光はスイカにかぶりついた。息つく間もなくシャリシャリとスイカを咀《そ》嚼《しゃく》するから、タネや汁が佳紀のところにまで飛んできた。

「うわ、きたねー」

抗議したら、光は半分以上残ったスイカを見下ろしたまま「スイカの種、飲んでもた……」と顔を青くしたのだ。チリンチリンと、軒先に吊《つ》るされた風鈴が鳴った。

「おとやんの友達が、スイカの種食って、全身ストライプのスイカ人間になってまったんやて」

「え……ほんで、どうなったん」

「死んだ」

「……俺もさっき、種飲んでもた」

あの日も蝉はシャワシャワと鳴いていた。「俺達、死ぬんや……」と言い合って、泣きながらスイカを食べた記憶がある。死ぬなら最期に思い切りスイカを食べておきたかったのだと思う。

そんな自分達を、光の父が「なんで泣いとんのさー」と笑いながら見下ろしていた。

光の父親が死んだのはそれから数年後――光が小学五年の頃だった。

光の父は椎茸《しいたけ》農家をしながら村にある松島《まつしま》製材所で働いていた。製材所の作業中に事故に遭ったと聞いたが、結局詳細はよくわからない。

……そういえば、光の父親があの山に入っていたことがあった。光が行方不明になって、ヒカルになって戻ってきた、あの山に。普段は誰も入らない、禁足地のはずの山に。

それは、光がいなくなったとの同じ季節……一月の終わりだった気がする。

「――おい、佳紀！」

光と同じ声で名前を呼ばれて、ハッと我に返った。

半月切りされたスイカを二つお盆にのせて、ヒカルが目の前に座っていた。

「スイカ食べへんの。おかやんが切ってくれたで。ほんまにええスイカやなー。めっちゃでかない？」

スイカは瑞々《みずみず》しい赤色をしていた。たっぷりと水分と甘みを含んでいるのが色からわかる。

「スイカの味はちゃんと知ってるんや」

「うん、もう十回くらい食っとるに。食べ方もアップグレードしてんで」

ふふっと笑ったヒカルが、スイカを持ち上げる。ぐわっと大口を開けたかと思ったら
――数口で吸い込むように食べ切ってしまった。

あまりの速さに、飛び散った果汁が佳紀の鼻先へ飛んできた。

声にならない声で「どーよ」と胸を張るヒカルに、果たして今のは人間業なのか、はたまた人間離れした何かなのかを一瞬考えてしまった。

「汚《きたな》……けど、ちょっとすごいかもしれん」

口に満ち満ちに頬張ったスイカを飲み込んだヒカルは、「あー種飲んだ。スイカ人間になってまうわ」と肩を小さく揺らした。

「暇やなあ、スマボラする？」

「……いや、ええわ。気分乗らん」

「そお？　まあええけど」

大きな欠伸《あくび》をして、ヒカルはその場に横になってしまう。軒先に吊された風鈴がチリンチリンと鳴るのが聞こえて、佳紀は両手で顔を覆った。

わかっている。この穏やかな時間がどれだけ異常か、危険か、わかっている。俺だけがこんな普通にしていていいわけがない。

光は、とうの昔に死んでいるのだから。

「おれさー」

指の間から、ヒカルが身じろいだのが見えた。

「お前と一緒におるだけで楽しいし、スイカもありがとぉな」

「なんや急に」

「おれはお前に嘘はつかんし。なんか、ちゃんとこういうの言いたいって気持ちがあるだけやし」

俺も、そうすればよかったなあ。

喉《のど》の奥で今更のように声に出した後悔は、本当に今更だった。手遅れだった。

顔を上げると、鴨居《かもい》の上に飾られているものが目に入った。光の曾祖父母《そうそふぼ》の写真に、誰かがもらった賞状に、林業組合の集合写真。

それに並んで、光と佳紀の小学校の卒業式の写真がある。

卒業証書の入った筒を手に変顔をする二人の写真は、この部屋に来るたびに「なんやあの顔」と思ってきた。「馬鹿やなあ」と思ってきた。

この狭いクビタチという村で、歳が近い子供は忌堂《いんどう》光だけだったから、だから、ずっと二人で生きてきた。

お前は、もう死んだのに。写真のお前はもういないのに。俺だけがのうのうと生きている。お前でないお前そっくりのやつと一緒にスイカを食べて、あの日と同じ風鈴の音を聞いている。

許されるわけがないのだと、わかっていた。

ズボンのポケットをまさぐって、スマホを取り出した。メッセージアプリを開くと、連絡先を交換したばかりのあの人の名前が一番上に出てくる。

暮林《くればやし》 理恵《りえ》。

スーパーノゾミで佳紀に声をかけてきた〈通りすがりの主婦〉は、そんな名前をしていた。

——このままやと〈混ざる〉で。

佳紀にそう忠告した暮林の顔には、夕刻特有の赤い影が差していた。

「ま、〈混ざる〉……って……」

「説明が難しいなあ。あっちのもんと混ざりすぎると、人でいられんくなるんよ」

ちょ、え、えっと、あの……しどろもどろに繰り返す佳紀に、暮林は「あー、怖がらんといて」と頭を振った。

「本当にただの通りすがりの主婦やから！　人よりちょっと見えるだけ」

佳紀が胡散《うさん》くさがっていると思ったのか、暮林は「嘘やないのよ」と盛大な溜《た》め息《いき》をついた。

「クビタチの方に禁足地になっとる山があるやろ？　そこからずーっと嫌な感じがしとってねえ。本当にあかんもんがおるのはわかっとった」

クビタチの禁足地になっている山。

それはつまり、光が行方不明になった山だ。

「でもね、消えたんよ最近。その嫌な感じが、急に。どこ行ったんやろな〜怖いな〜なんやろな～って思っとったんやけど」

クビタチの方角へ向いていた暮林の目が、ぬるりと佳紀へ戻る。

「〈それ〉は、あんたの側におるんやね」

見据えられ、息が上手く吸えない。「……なんで」と絞り出すまで、かなりの時間と力が必要だった。

「なんか、知っとるんですか……？」

「知らんよ。でも、あんたがそのままじゃあかんってことは、わかるよ」

胸に手をやった暮林が、大きく息を吸う。吐き出した息は、強ばって震えている。

「本当に、見たことがないくらい……でも、事情があるんよね？」

話したくなったら連絡して。暮林はそう言ってスマホを取り出した。

言われるがまま、佳紀は彼女と連絡先を交換した。


〈あの〉

風鈴の音に背中を押されるように、暮林にそうメッセージを送った。

なんと続ければいいかわからなくなって、キーパッドに置いた指が動かせなくなる。

「ねえ、佳紀ちゃーん。お母さんにさー、持ってってってほしいもんがあるんやけどさー」

台所の方から、光の母の声が飛んできた。やめる理由ができて助かった。そんな卑怯《ひきょう》なことを思いながら、スマホをテーブルに置く。

「はあい」

廊下に向かって返事をして、扇風機が強で回り続ける和室を出た。

2

「光、本当に好きな子とは、さっさと結婚せなあかんに」

幼い頃、父からそんな助言をされた。

一体何歳頃の記憶なのかはわからないが、父の手には線香花火があって、自分も同じように橙色《だいだいいろ》に弾ける線香花火を手にしていた。

「普通、結婚するやろ。しなかったらどうなるん？」

「〈ウヌキ様〉に、山ぁ、連れていかれんで」

父は確かにそう言った。先ほどまで穏やかな顔で線香花火を眺めていたのに、悲しげに眉間《みけん》に皺《しわ》を寄せていた。

「忌堂家の決まりや、恋人ができたら、早めに結婚せえよ。この家の人間には手出しせんっちゅう約束やから。嫁にもらえば安心や」

「なんで、連れていってしまうん」

「寂しがり屋やから、家のもんを連れていけん代わりに、一番大事な人を連れていくんやろな」

日が暮れるように、父の線香花火の火が落ちた。地面に黒い染みを作った。

光の線香花火は、まだ歌うように活き活きと燃えていた。

「まあ、迷信やけど。父さんを振ったあの子も、あの子もあの子もあの子もみーんな、ピンピンしとる」

笑い飛ばした父の言葉尻《ことばじり》が、すっかり火の消えた線香花火に重なった。迷信？　本当に……？　そう問いかけようとしたら、すーっと目の前が暗くなった。

線香花火は、もう消えていた。


それは忌堂光の記憶であって、自分の記憶ではない。

ただ、わざわざ連れていかなくても、もうずっと側にいられる。この記憶を掘り返すとき、いつも同じことを考える。

あとは、誰かに取られないように気をつけておけばいいだけだ。

ポコン、という電子音で目が覚めた。再び寝入ろうとして、風鈴の音で結局覚醒《かくせい》させられる。

畳の痕《あと》がついた頬を擦りながら身体を起こすと、テーブルに佳紀のスマホが置きっぱなしになっていた。

「暮林理恵」という見知らぬ人物からメッセージが届いているのが見えてしまって、欠伸が止まった。

〈話す気になった？〉

そんな短い問いかけが、佳紀へ送られている。

「……誰ぇ？　これ」

第三章　愛しいと思ってしまう

1

待ち合わせ場所は、希望ヶ山町にあるスーパーノゾミの駐輪場だった。

「いやあ～ごめんね！　ちょっと遅れてもーて」

ネッククーラーを首に巻いているのに汗だくな暮林は、「ダンス部命」とプリントされたTシャツを着ていた。子供の部活Tシャツのお古……なんだろうか。

「暑いしお店とか入ろか～。あめりかでええ？」

どうしておばさんはみんな声がでかいのだろう。声量が大きいというより、一度に吐き出す空気の量が多い。それに押し流されるように、佳紀は暮林の後ろについていった。

ノゾミから歩いて数分のところに、「あめりか」という名前のレストランがある。ファミレス面しているが（恐らく）チェーン店ではない。「あめりか」という名前のくせに、メニューも内装もアメリカっぽくはない。

それでも、スーパーやドラッグストアが集まる希望ヶ山のこのあたりは油断すると知り合いがうじゃうじゃいる。広いボックス席に通されても、佳紀は被っていた帽子を脱げなかった。

「あらあらあら～新しい巨大パフェ、出とるねえ！　辻中《つじなか》君も好きなの頼んでね、甘いの好き？」

「あの」

張りのある陽気な声にメスを入れるように、佳紀は切り出した。メニューを開いたまま、暮林が口を閉じる。先ほどまでの騒がしさが嘘のように口を引き結んだ。

「ほしたら、何が起きたんか、聞いてもええ？」

何から話すべきなのか。どれだけ言葉を尽くしたところで、肝心な部分は何一つ伝わらないのではないか。昨夜、ベッドの中で随分と長いことそう考えた。

自分に幼馴染《おさななじ》みがいること。その幼馴染みが、一月の終わりに丹砂山《にさやま》の禁足地で行方不明になったこと――彼が帰ってきたから、今日までのこと。

一つ一つを、暮林は無言で聞いた。ときどき相槌《あいづち》は挟むけれど、口を出してくることはない。

ただ、佳紀がすべてを話し終えると、「ありがとうね」と微笑んだ。

手の甲で拭《ぬぐ》った。

「よう頑張ったね」

いつの間にか深く俯《うつむ》いていた。鼻水がさらさらと鼻腔《びこう》を伝っていく感覚がして、慌てて手の甲で拭《ぬぐ》った。

「なんで、ほんなこと言うんですか」

きっと、自分は暮林を縋《すが》るような目で見ていたのだと思う。

「よう頑張った。でもね」

佳紀の目を見据えたまま、暮林はゆっくり、でもはっきりと、首を横に振った。

「あんたは罰されたがってる場合やないの。しっかりしなさい」

語気を強めた暮林に息を呑《の》む。

「誰かに罰されたって、自分が楽になるだけ。死人《しびと》はなんとも思わん。そこにあるのは、ただ私達が亡くなった人に汚く執着してる事実だけや」

私達。確かにこの人は今、私達と言った。

口が滑ったという自覚があったのだろうか、はたと顔を上げた佳紀に、暮林はケラケラと笑ってみせた。

「もー嫌や、ごめんねえ。やけに暗くなっちゃったわ」

あはは、あははと笑う暮林に、「どういうことですか」とは聞けなかった。彼女が「本題なんやけどね」と声のトーンを一段階も二段階も下げたから。

「町や村がおかしくなり始めとるの、気づいとる？　ここら一体に〈歪《ゆが》み〉のようなもんができて、不審な事件も増えとるし、おるはずのないもんも出てきてる。町や村が徐々に狂い出してるんよ」

一拍置いて、暮林は佳紀を見据えた。

「これな、多分、あんたの友達になっとる〈ナニカ〉の影響やと思う」

「ナニカ、って……」

「なんやろ、巨大な塊という感じ……〈地獄〉みたいな……それの気配が山から消えたと思った矢先、急激に歪みが大きくなった。予想やけど、アレが山におった分、歪みが抑えられていたんかも。あれだけでっかいもんやから」

抽象的な物言いばかりなのに、不思議と苛立《いらだ》ちはしなかった。

わかる。わかってしまう。

巨大な塊、地獄。同じような感覚が、自分の瞼《まぶた》や鼻や肌に残っている。

「それに、この前クビタチであった変死事件。あれも何か恐ろしい……関係しとる気がする」

ああ、してる。間違いなく、してる。

「正直あたしも、すぐにこの町から逃げ出したいくらい怖いんよ。でもお義母《かあ》さんに、娘もおるしねえ。上の息子はもうとっくに出てったきりなんやけど」

それに夫も……そんな言葉が続くかと思いきや、続かない。確信を持って、佳紀は問いかけた。

「あの、さっき、〈私達〉って」

「……死んだ夫がね、昔、一回帰ってきたんよ」

テーブルの上に置いた自分の手を見つめながら、暮林は微笑んだ。酷く懐かしいものを思い出しているような、穏やかな目だった。

なのに、目の奥にどんよりと冷たい渦がある。

「でもダメやった。結局、息子の身体に一生治らん傷を残しただけやったの。なんでもいいから、また一緒にいたかった。それだけやったのに」

店内は冷房が効いているのに、頬に炎天下の粘ついた日差しを感じた。山久の『キソキソのアイスあり〼《ます》』という貼り紙を思い出した。

顔半分から禍々《まがまが》しい〈中身〉を垂れ流すヒカルを前に、佳紀も暮林と同じことを思った。

なんでもいいから、また一緒にいたかった。

「あんたも、なんとなくわかるやろ。このまま一緒におったらあかんって」

わかっている。わかっているけれど。

それを言われて、一体どうしろって――。

「この前言ってた〈混ざる〉って、どういうことですか」

「生きたまんま、中身があちら側に近づいていく、アレの一部になるようなもんや。一生離れられんくなるよ。想像したくもない」

――それに、あちらの世界のもんも引き寄せやすくなるかも。

こめかみに手をやって眉間《みけん》に皺《しわ》を寄せた暮林の顔は、こちらを怖がらせるために話を誇張しているようには見えなかった。

混ざる。

あちら側に近づく。

アレの一部になる。

彼女の言葉を反芻《はんすう》するたび、ヒカルと繋《つな》がった左腕が強ばる。

「ごめんね、あたしみたくなってほしくないの。それに、先に進むためには、知っておく必要があるんちゃうかな」

ポタポタと、窓ガラスに雨が打ちつける音がした。音は徐々に大きくなり、町を洗い流すような本降りの雨になる。店員が、暮林が注文した巨大パフェを運んできた。

日曜日に降り出した雨は、翌日もやまなかった。放課後の教室は人がいなくなってもべったりと暑い。

グラウンドには巨大な水溜《みずた》まりができて、希望ヶ山の町はどこもかしこも煙って見える。高校のある山の麓《ふもと》に建つ教会も、普段は三角屋根の上の十字架がもっとくっきりしているのに。

　　　＊

誰もいない教室で一人、佳紀はそんな見飽きた風景を眺めていた。

どれくらいたったか。廊下から足音が聞こえてくる。上履きがリノリウムを擦る甲高い音は軽くて歩幅が小さく——ヒカルではない。

「あれ、まだいたん？　今日の午後、職員会議やから全員帰らな……」

教室の引き戸を開けた結希は、不審そうに「知らんかった？」と首を傾げる。

「ちょっと忘れ物してん。見つかったら帰るから」

自分の席に座ったまま、何かを探す素振りもない佳紀に、結希はさらに怪訝《けげん》な顔をする。

それでも、追及してくることはなかった。

「光が探しとったで」

「見つけたら先帰れって言っといてや」

ガラガラと音を立てて扉が閉まる。結希の足音が遠ざかる。佳紀は机にトンと額を押し当てた。

冷たい天板が額に吸いつき、佳紀を抱きしめたヒカルが「お前を殺したない」と囁《ささや》いた声を思い出した。

山久の前のベンチで、何色とも言い表せない中身をほとばしらせたヒカルを。

殺したないということは――殺せるということだ。

松浦の婆さんが言っていた「ノウヌキ様」という言葉。山に閉じ込められていたナニカ。歪み。このまま一緒におったらあかん。あたしみたくなってほしくないの。前に進むために。

暮林の言った「前に進むために」とは、どういうことなのか。答えなどもう出ているのに、自分に問いかけてしまう。

光ではないヒカル。人ではないヒカル。あいつから離れるべきだ。これ以上関わり合いを持つべきじゃない。

簡単なことのはずなのに、考えるだけで鳩尾《みぞおち》のあたりに鈍い痛みが走る。

――ヒカル。

絞り出すように、無意識に呟《つぶや》いていた。

「お前は、一体……」

その瞬間、教室の戸がけたたましい音を立てて開いた。

「あー！　やっとおった！」

どたどたと落ち着きのない足音は、あっという間に佳紀の隣に来る。そこにいるのが当然だとばかりに。

「職員会議やってん知らんかった？　はよ帰ろ」

「……今日は、先帰ってくれへん」

素っ気ないという自覚はあった。相手を振り払うような冷たい言い方だった。

「えっ、ご機嫌ナナメやな」

「うん」

ちらりとヒカルを見ると、無言で変顔をしていた。目を見開いて顎《あご》をしゃくれさせて
……よく、光がやっていた変顔。

「おれの変顔で佳紀が笑わへん！」

違う。笑っていたのは、光の変顔。幼馴染みの、忌堂《いんどう》光の変顔。

「ねえ、ほんまにどしたん。顔色ドブみたいやで」

ヒカルが肩を叩《たた》いてくる。

思わず、振り払った。パシッと、今日の天気と正反対の乾いた音がした。

「しつけえな。ほんと、一人にして」

いつかヒカルに「自分に甘いやつほど他人を許すんよ」と言ったのを思い出した。

ヒカルに拒絶されたくないから、ヒカルを拒絶できない。そう思う甘ったれな自分を、
腹の底に押し込んで押し込んで、ヒカルを睨《にら》んだ。

ヒカルはヘラヘラしたままだった。「がーん、マジか、はは……」なんて言って笑う目が、泳ぐ。

「……おれのせいなん？」

「なにが」

「は？　だってさ、明らかに当たりきついやん。なに、おれにキレとんの？」

「別にキレとらん」

「いや、キレとるやん」

佳紀の言葉尻《ことばじり》を払いのけるように、ヒカルが少しだけ声を大きくした。

「最近なんなん、おれになんか隠しとらん？」

「はあ？　なんやそれ、詮索《せんさく》しとんのか？　キモいぞ、お前」

早口になっている自覚はあった。図星を突かれて、必死に逃れようとしている。

それはきっと、ヒカルにも伝わった。

「じゃあ、昨日、なんで町の方に来とったん？　知らん人とメッセージのやり取りしてるのはなんなん？」

開きかけた口から、言葉が消える。

ヒカルの家にスイカを届けた日、暮林にメッセージを送った。

返事はすぐに来た。タイミング悪く佳紀は席を外していて、和室に戻ると、ヒカルは
「なんかメッセージ来てるけど」と佳紀のスマホを指さした。

母さんやろ。そうはぐらかしたら、それ以上は言及してこなかったのに。こいつ、本当はあのとき――嫌な予感は、すぐにでも吐き気に変わりそうだった。

「……つうか、なんでも言わなあかんのか」

「前は、結構なんでも話しとったと思うけど？　言いたいことあるなら――」

それは。

「前、って、さも自分のことのように言うけどな」

それ以上は言えなかった。細く細く、ヒカルが息を呑《の》む音が聞こえたから。

ヒカルが今どんな顔をしているか。想像できてしまったから、あえて顔を上げなかった。

「やっぱ、そうなん？」

ヒカルが腕を掴《つか》んでくる。右利きのくせに右腕に腕時計をつけて——その時計は確か、父親からのプレゼントだったはずだ。

左利き用だと気づかずに買ってきた光の父親も、それを高校生になって使い始めた光も、もうどちらもこの世にはいない。

「おれが本当の光とちゃうから？　なあ、やっぱり、おれじゃダメなん？」

「当たり前やろ」

吐き捨てた言葉は、思っていたよりずっと鋭かった。喉元《のどもと》がカッと熱くなって、血が滲《にじ》んだような感覚がした。

「おま……お前はっ、声も見た目も喋《しゃべ》り方も光そっくりやけどさあっ、光ちゃうやんか……！」

窓を濡《ぬ》らす雨の音が、いやに大きくなった気がした。ぱたぱた、ぱたぱた。弱々しく窓ガラスを打ち、長い雫《しずく》を作って流れ落ちていく。

同じような雫が、自分の左目からも流れていく。

佳紀の腕を掴んだまま、ヒカルは何も言わない。雨音だけが響く長い長い沈黙の末に、薄く口を開いた。

「ごめん、そうよな」

普通に、それはそうや。そうよな、そうや、そうや。淡々と繰り返すのに、徐々に佳紀の腕を掴む手に力がこもっていく。

重たく鈍い痛みに、掌を反らせたときだった。

「でもおれ、佳紀がおらんとダメなんよ。だって、おれの初めての……」

言いながら、ヒカルは左の掌で顔を覆った。

「もうさぁ、どこまでが自分の感情なのかわからん」

ぎりりと歪《ゆが》んだ口の端から、ヒカルは確かに「つらい」とこぼす。「どうしたらええの」と啜《すす》り泣《な》く。

泣きながら、叫んだ。

「わかってても……お前を好きなん、やめられんっ」

ヒカルの目尻《めじり》から確かにこぼれていた涙の筋が、色を変えた。

黒いような、青いような、赤いような緑色のような――車に轢《ひ》かれて干からびたネズミみたいでもあって、死んだ魚の生臭い鱗《うろこ》みたいでもあって、雨に濡れた泥と冷たい笹草のようでもあって。

光の顔をぐちゃりと押《お》し潰《つぶ》すようにして、ヒカルの中身があふれ出る。教室の天井を突き破らんばかりに噴き上がって、こちらに、降ってくる。

いや、佳紀を引きずり込もうとする。

初めてヒカルの中に触れた体育倉庫の、カビと埃《ほこり》と人の汗が混じった匂いと一緒に、暮林の声が再び蘇《よみがえ》る。

——わかるやろ。このまま一緒におったらあかんって。

ああ、わかってる。わかってるんよ。

声には出せなかった。ヒカルの中身に口を塞《ふさ》がれ、鼻を塞がれ、目を塞がれ、息ができなくなる。

何かが、ヒカルから自分へ流れ込んでくる。気持ち悪い。怖い。不快。なのに、胸を打つような気持ちのよさが少しある。

きもちわるい。

……きもちいい？

細い細いあぜ道の先に、茅葺《かやぶ》きの小さな家々が見えた。

田んぼに水を張る時期特有の、澄んだ泥の香りがした。

湿度の高い日特有の、白く霞《かす》んだ山々の稜線《りょうせん》には、見覚えがある。山間の小さな集落を見下ろす場所に、頬被りをした若い男が立っていた。光と同じ目をした男だった。

男は、布にくるんだ何かを大事そうに胸に抱いていた。男の鼻筋を汗が伝い、彼は抱えたそれを何度か抱き直す。衣擦れの音は、人の啜り泣きみたいだった。

布の間から、萎《しお》れた花のように、人の髪の毛がこぼれた。

——そこで、佳紀はやっと息をした。

よく知っている教室の天井が見えた。

四隅がぼんやり滲んでいるのは、自分の両目から涙がこぼれているからだった。視界がちかちかと点滅するのは、自分の息が切れているからだった。

身体を起こした瞬間に吐き気がして、胸を押さえて喉《のど》を鳴らした。

「ヒ、ヒカル……」

そんな自分の傍らで、ヒカルが両手で顔を覆っていた。

「あかん」

湿った声でそう繰り返し、首を左右に振る。

「あかんってぇ……こいつだけは……」

肩を震わせて、ヒカルは短く「ごめん」と言った。

床に放り投げてあった鞄《かばん》を拾うと、何も言わず、佳紀から離れていく。出入り口のすぐ側の机に脚を引っかけ、がたっと甲高い音が響いた。

「嫌いにならんで」

雨音に掻《か》き消《け》されそうな小さな声でそう言って、教室を出ていった。

2

交差点の信号機にぶら下がる細長い影を見つけて、暮林理恵はスーパーノゾミの駐車場に通勤用の軽ワゴン車を停めた。

運転席のドアを開けると、エアコンの効いた車内とは違い、外はジメジメと蒸し暑かった。一時間ほど前まで雨が降っていたから、余計に湿度が高い。

空は橙色《だいだいいろ》から濃紺へと姿を変えつつあるのに、気温だけは一向に下がらなかった。

「参っちゃうね」

鞄から引っ張り出したハンドタオルで額を拭《ぬぐ》って、先ほど通り過ぎた交差点へ歩いて戻った。

信号機にぶら下がる影は大きくなっていた。横断歩道の縁にできた水溜《みずた》まりには、その姿は映っていない。

長い黒髪が風に揺れ、人の顔のようなものまで覗《のぞ》き始めた。放っておいたらそのうち交差点に落ちてきて、大きな事故の一つや二つ、起こしてしまうに違いない。

横断歩道で信号待ちをするふりをしながら、暮林は影を睨みつける。饐《す》えた匂いがした。台所のシンクに長く放置してしまった生ゴミみたいな匂いだ。

左腕に右手を添え、ぐっと力を込める。

大きな意味はないのだが、こうするといい具合に自分の中で力の流れが制御されて、アレを吐き出している場所を〈閉じる〉ことができる。

「悪いねえ」

呟《つぶや》くと、ぶちんっと音を立てて影は消えた。あちらとこちらの出入り口が強制的に閉じられて、その境界からこちらに顔を出していたアレはあちらに押し戻された。

柳のように怪しげに揺れていた長い黒髪も、風に掻き消される。

暮林はアレを〈ケガレ〉と呼んでいた。

「本当は無闇にこんなことしたくないけど、こうも増えてちゃあね……」

人に危害を与えるものばかりではないとわかっているし、数が少ない分には、そこまで人の営みに影響もないのだと理解している。でも、最近はあまりにも数が多すぎるのだ。

ふう、と息をついて、暮林はタオルで首筋を拭った。

自分にできることは、そう多くはない。暮林にできるのは、こちら側に出てきてしまったケガレを押し戻し、〈穴〉を塞ぐことだけ。

決して、ケガレを消滅させられるわけではない。彼らが出入りする穴も、想定外に大きくなりすぎると対応できなくなる。

それでも、こうやって穴を閉じるたび、昔のことを思い出す。

上の息子はまだ小学生だった。自宅の一室で倒れて動かなくなった息子を助け起こしたときの感触が、掌にまざまざと蘇る。弱い弱い母のせいで傷つけてしまった我が子とは、長く顔を合わせていない。

ノゾミへ戻りながら、辻中《つじなか》佳紀という高校生のことを思い出した。

あまりにも厄介なものを背負い込んでしまった少年。この世のものでない存在と関わって、影響を受けて、ケガレに近づいてしまった少年。

暮林はそういう存在を〈混じりもの〉と呼んでいる。

あの子はその後、どうしただろうか。

得体の知れない、人ならざるものとわかっていてなお、混ざり合ってしまうくらい親しくて大事な存在を持って——果たしてあの子は、そんな人の死を踏み越えられるのだろうか。

理解して、納得して、悲しんで悲しんで後悔して、悼んで、祈って、一人の道を歩き出せるのだろうか。

「てっきり、彼女とかやと」

運転席に戻って、思わず呟いた。一体、辻中佳紀の〈友達〉とやらは、どんな子なのか。いや、どんな子だったのか。

エンジンをかけようとして、醤油《しょうゆ》と卵が切れていることを思い出した。慌てて車を降り、「あー、暑い暑い」とぼやきながら店内へと向かった。

3

雨が数日降り続いたのなんて嘘のような青空だった。山を飲み込むような巨大な入道雲は、放課後になっても消えることはなかった。

帰り支度をしながら、腕に残った痣《あざ》を佳紀は見下ろした。雨は止んでも、ヒカルに掴《つか》まれた痕《あと》は怖いほど鮮やかに残っている。

「なあ、光となんかあった？」

鞄を抱えた朝子が、声はいつも通りなのに、どこか探るように聞いてくる。結希まで揃《そろ》ってやってきたということは、俺は「何かありました」という顔をしているのだろう。

「光が学校休むとか変やん。佳紀も闇のオーラ、ぶわあって出とるし」

「昨日、あのあと喧嘩《けんか》でもしたん？」

結希の問いに、イエスともノーとも言えない曖昧《あいまい》な反応をすることしかできなかった。

喧嘩は喧嘩でも、ただの喧嘩ではない。

もっと質が悪くて、どろっとしていて……身体が震えることすら忘れてしまうくらい気持ちが悪くて、恐ろしかった。

「何があったんか知らんけどさー、仲直りしてやあ。最近の光、なんか佳紀大好き感すごいし、かわいそーやもん」

「……え？」

顔を上げた佳紀に、朝子は「マジマジ」と頷《うなず》く。

「それに、一緒におった方がいい感が、あるっていうか」

「いやでも、あーちゃんの言う通りでさ、ほんまに光は最近、佳紀に懐いてる？　っていうか」

「親についていくガキっちゅうか」

いきなり口悪っ！　と結希が朝子の頬をつねって、朝子が最近はまっている極道映画の話になって、話は終わった。

極道映画の台詞を言い合ってじゃれる二人を見ていたら、何故か昨日のヒカルの変顔を思い出した。

それだけじゃない。佳紀の名を呼んで駆け寄ってくるヒカルの顔が、次々と浮かぶ。その中にはきっと光の記憶も混ざっている。

でも、最後に行き着いたのは、教室の床で目を覚ました佳紀の傍らで泣いていたヒカルの姿だった。

「……謝りたい」

言ってから、自分の声だと気づいた。極道映画の話題で盛り上がる結希と朝子には聞こえなかったみたいで、佳紀は静かに深呼吸をした。

「俺、もう行くわ」

鞄を背負って、それ以上は何も言わず教室を出た。朝子が「え、ああ、また明日」と手を振ったが、振り返らなかった。

昇降口で靴に履き替え、駐輪場で自転車のハンドルを引っ掴む。掌に汗を掻いていて、ハンドルがぬるりと滑った。

自分の腕に残る赤い痣に、「お前は最低だ」と罵《ののし》られた気がした。

間違いなく、ヒカルは光の代わりだった。自転車のペダルを漕《こ》ぎながら、腹の底で吐き捨てる。

俺は最低だから、変なところは、見たくないところは、都合の悪いところは、見ないようにしてきた。深く考えないようにしてきた。無視してきた。

そうすることで、ぼんやりと、何もなかったかのように、穏やかに生きている気がしていた。そうであってほしいと願っていた。

でも、ヒカルが完全に光になれないように、佳紀もまた、ヒカルを完全に光として扱えない。

そのじれったさと気持ち悪さを、不甲斐《ふがい》なさを、きっと一生かけても消せない悲しみと後悔を、昨日、ヒカルにぶつけた。

燦々《さんさん》と太陽光に照らされた痣は、より毒々しく見えた。これだってきっと、ただの痣ではない。

それなのに、俺は今、こんなにも謝りたいと思っている。

恐怖も不安も、何もかも麻痺《まひ》してしまって、事情をわかってくれた人の忠告すら振り払って、謝りたいと思ってしまっている。

学校の建つ山の中腹から町へと下る坂に、自転車に乗る自分の影が黒々と伸びていた。

額を汗が伝って、目尻《めじり》を掠《かす》めて、こめかみから後方に飛んでいく。


「光、佳紀ちゃん来とるよー！」

母親に呼ばれても、ヒカルは姿を現さなかった。慣れ親しんだ廊下を進んで和室の戸を開けると、部屋の隅にタオルケットにくるまったヒカルがいた。

「ヒカル」

頭からすっぽりとタオルケットを被り、うんともすんとも言わない。

返事はない。構わず佳紀は彼の前に腰を下ろした。

「昨日は、ごめん」

薄い布地の向こうで、ヒカルが小さく息を呑《の》んだ気配がした。

ゆっくりゆっくり、顔を上げる。

「なんで、佳紀が謝んねん」

「俺、酷いこと言ったやん」

——ごめん。そう続けたら、ヒカルの「なんで」と重なった。

「おれの方こそ……お前に、あんな」

「もうええって」

タオルケットの隙間に手を伸ばした。ヒカルが身じろぎ、ぬるっと右手を伸ばしてくる。ヒカルの中に手を突っ込んだときの感触が、ふと蘇《よみがえ》ってしまう。

咄嗟《とっさ》に距離を取ってしまった佳紀に、ヒカルが傷ついたのがわかった。指先だけでわかってしまった。

「ほらぁ、ビクッってなっとるやん。怯《おび》えとるやんか。ごめん」

「お、怯えとらんしっ」

強ばったままの指先から目を逸らして、「はあ?」ととぼけてみせる。

それでも、ヒカルは「嘘やあ……」とタオルケットに包まったまま頭を振った。

「あんなん見せてもうたもん。めっちゃグロいやんあんなん〜恥ずかしい」

ぐるぐるとうねるタオルケットから繰り返される「恥ずかしい」という言葉に、佳紀は
「え?」と首を傾げた。

「あ、そっち……?」

ヒカルは答えない。

「いや、なんか、それは俺があんなこと言ったから」

「ごめん」

身体を縮こまらせて、ヒカルは何度目かの謝罪を口にする。

「……嫌いになった？」

なってない。そう即答するのは、嘘だと思った。でも、ヒカルを嫌いになれるわけがないのも、事実だ。

眉間《みけん》のあたりにヒカルの視線を感じる。伏せていた瞼《まぶた》をそっと持ち上げるとヒカルと目が合った。幼い頃からよく知る瞳《ひとみ》が、タオルケットの小さな隙間で震えながら佳紀を見ている。

弾かれるように、ヒカルがタオルケットから顔を出した。鼻先が擦れ合うほどの距離で、名前を呼ばれる。

「佳紀、おれ……あのさ」

潤んだヒカルの両目に、かすかに自分が映り込んでいる。

「お前の側におれるだけでええから。もう誰と会ってようがどうでもいい。嫌われたないから、もうあんなことせん……」

ぼろぼろとヒカルは泣いていた。彼らしくどこか慌ただしくこぼれる涙を拭《ぬぐ》いもせず、「もうあんなことせん」と繰り返す。

「お前の友達の身体を勝手に使っとるやつが、図々しくてごめん」

子犬が母親に身を寄せるみたいに、ヒカルは佳紀の胸に額を擦りつけてきた。こいつは危険だ。わかっているのに、ヒカルの髪に触れてしまう。ちょっと癖のある固めの髪を梳《す》いてしまう。

こいつは危険だ。危険やけど……。

「お前、やっぱり光よりガキくさいんやなあ」

本当に、本当にこいつは危険なだけなのか。光を模倣《もほう》してまだ半年足らずのヒカルは、ただ何も知らないだけかもしれない。

だったら――。

「えぇの？」

恐る恐る聞いてくるヒカルは制服を着ていた。学校に行く気だったのだろうか。いざ家を出ようとしたら、昨日のことを思い出して、どうしても無理だったのだろうか。

「お前は、ガキくさくて寂しがりやなあ」

ふふっと笑い出しそうになるのを堪えた。もし、ヒカルが生まれたての子犬や子猫と同じなら、俺が、教えてやらんと。

「さみしい……」

自分の胸の内を覗《のぞ》き込むように、ヒカルが視線を泳がせる。あっちへ行って、こっちへ行って、佳紀に帰ってくる。

「こういうのが、〈寂しい〉なんか。おれはずっと寂しかったんか?」

「さあ」

危険だ。こいつは危険だ。耳の奥で、警報のように自分の声が反響する。

それでも、ヒカルを愛しいと思ってしまう。

第四章　光が降ってくる

1

「おーい、メンチ～」

　夏の日差しをふんだんに浴びて青々と光る猫じゃらしを左右に揺らして、ヒカルが植え込みの中に呼びかける。

　植え込みの奥の方で真っ白な身体を丸くして、メンチ兄貴はこちらを窺《うかが》っていた。厄介な客が家に来てしまったとでも思っているような顔だ。「なにしてんねん、早う帰りやがれ」と言いたげに、金色の瞳をぎょろりと揺らす。

「あー、もう、全然寄ってこやへん」

　希望ヶ山高校の敷地内に現れたメンチ兄貴だったが、いつも弁当のおかずを恵んでくれる女子グループではなく、ヒカルに見つかってしまった。

　メンチ兄貴は未だにヒカルには懐いていない……というか、明らかに警戒している。猫なりに、ヒカルが〈とりあえず人間ではない〉と気づいているのだろうか。

「ヒカル、ほんまに嫌われとるな」

佳紀が身を屈めて手を伸ばすと、メンチ兄貴はあっさり日向に顔を出した。佳紀の左脛《すね》に真っ白な毛並みをすり寄せて伸びまでするから、よしよしと撫《な》でてやる。ヒカルはそれを面白くなさそうに眺めていた。

「でも、シャー！　っとは言わんくなったもん」

「それが普通やし」

こいつは人懐っこいのだ。食べ物をくれる人間には特に。丸々とした身体を揺らし、「わたしゃなんでも食べますんでどうぞ遠慮なさらず」と言いたげに近づいていく。

「前の光には、懐いとったよな」

「いや、たいして懐いとらんかったような」

「えー、そうやったっけ」

手の甲を思い切り引《ひ》っ掻《か》かれて、「こいつ悪魔猫や！」なんて騒いでいたのは、いつのことだったか。

「なんでもええけど、おれも触りたい」

「しゃーないな」

鞄《かばん》を漁る。奥の方に、メンチ兄貴用のおやつが一本だけ残っていた。

スティックタイプの袋の先を破ると、メンチ兄貴が目が覚めるような速さで顔を上げた。金色の瞳を爛々《らんらん》とさせて、佳紀の右手から視線を離さない。こいつの価値を、メンチ兄貴はよーくわかっている。

「これでダメなら諦《あきら》めろ」

「おおー、やるやん」

おやつを受け取ったヒカルは、メンチ兄貴と同じような顔ですんすんと匂いを嗅《か》いだ。そのまま「メンチ～、ちゅ～るんやぞー」とメンチ兄貴の前へ差し出す。

最初こそ「なんでお前やねん」という顔で唸《うな》ったメンチ兄貴も、カツオとマグロの風味には抗《あらが》えなかったらしい。コロッと表情を変え、短い舌を忙しなくれろれろさせながらスティックの先を食《は》む。

「佳紀、見てや。食いよった。今なら触らせてもらえるんちゃうかっ」

小声で、それでも抑えられないほど言葉尻《ことばじり》を弾ませて、ヒカルはメンチ兄貴の背中に手を伸ばした。

まあ、エサをやってるうちは撫でるくらい許してもらえるだろう……そう思ったのに、あろうことかヒカルはメンチ兄貴の脇腹あたりを人差し指でズボッと刺した。

鼻くそでもほじるような乱雑な手つきに、メンチ兄貴がギョッと目を丸くする。

いや普通に撫でろや、なんちゅう触り方してんねん。そう言いたげにヒカルを睨《にら》んで、でっぷりと太った身体からは想像もつかない俊敏さで植え込みの向こうに消えてしまう。

「あー……」

人差し指を立てたまま呆然《ぼうぜん》とメンチ兄貴を見送ったヒカルに、佳紀は堪らず「なんちゅう触り方や……」と呟《つぶや》いた。

光は、あんな撫で方をしなかった気がする。なら今のは、ヒカルなりの興味や好奇心がそうさせたのだろうか。

それにしたって、あんまりな触り方だ。呆《あき》れて笑い出しそうになったら、ヒカルの深々とした溜《た》め息《いき》に先を越された。

「おれってほんま――」

言葉は続かない。黙りこくったヒカルに、佳紀は恐る恐る「なに?」と問いかけた。

「いや、なんか。おれって周りのこととなんも見えとらんくてダサいなー思ってん。この前のことやってそうやし、動揺するとキモいの出てしまうんのもやめたい」

首筋をかりかりと掻きながら目を伏せたヒカルを見ていたら、タオルケットに包まって自分のことを「キモい」と言ってめそめそしていたこいつを思い出した。

ヒカルは確かに子供っぽい性格をしているけれど、それでも、こいつなりに自分のことを恥じたり、変わろうとしている部分がある。

果たして、それはいいことなのだろうか。

こいつが少しずつ成長していくことで、自分の周囲で一体何が起こるのだろう。想像すると、二の腕のあたりが強ばって粟立《あわだ》ってしまう。

「あ、メンチ兄貴、ウンコしとる」

植え込みの奥を指さしてゲラゲラ笑うヒカルを横目に、そっと自分の二の腕に触れた。

こんな調子のやつをどうしたらええねん。そんな困惑が確かにある。恐怖も、もちろんある。

でも、ヒカルがいる日常が、そんな感情すらも押し流してしまう。そうなるのを期待して、向き合わなければならないものから顔を背けている自分にだって、気づいている。

台所から母とかおるの声が聞こえた。

声は次第に大きくなり、ちょっとした言い争いみたいになっていく。スマホ片手に煎餅《せんべい》を囓《かじ》りながら、佳紀はそっと耳を澄ました。

メンチ兄貴には結局振られ、『マスターマスター』の続きが読みたいと佳紀の部屋に押しかけたヒカルは、ベッドに寝転がって黙々と単行本のページをめくっている。

だがさすがのヒカルも、一階から「あんたねー！」という母の喧々とした声が飛んできたら、顔を上げた。「浴衣着たいぃ～」という甘ったれたかおるの声もした。

「かおる、どしたん？」

「なんか、今度の夏祭りで浴衣着たいらしい」

かおるは最近背が伸びたから、浴衣の丈が合わなくなった。どうしても着たいなら裁縫上手の三笠《みかさ》のおばちゃんに丈直しを頼まなきゃならない。「自分で頼んできな」という母と、「お母さんが直してよ～」というかおるの争いは、昨夜から続いていた。

そろそろ決着がついてくれないと面倒だな。なんて思う佳紀をよそに、ヒカルは漫画を放り出していやに輝かしい声で「あ、そっか！」と叫んだ。

「夏祭りや！」

佳紀のベッドの上をごろんごろんと転がって、「楽しみやな～」と笑う。自分の中にある夏祭りの記憶を引っ張り出して、一つ一つ並べて眺めるみたいに。

「かき氷とかなんか、今年もいろいろ出すらしいで」

「めっちゃ楽しみ。かおると三人で行こうな」

ふっ、と、笑い声が口の端から漏れた。胸元にぽとんと落ちるような儚《はかな》い笑い声だった。

違和感も、不安も、恐怖も、こうやってヒカルの中の光に上書きされる。佳紀の両目を、忌堂《いんどう》光の掌が塞《ふさ》ぐ。

結局、浴衣は母が三笠のおばちゃんのところへ持っていったようだ。

なんだかんだ言うけれど、母はかおるに甘いのだ。

＊

ヒカルが指折り数えながら楽しみにしていた夏祭りは、そう大きなものではない。

クビタチにある丹砂《にさ》神社という小さな神社で行われるが、特別な祭祀《さいし》があるわけではない。子供の数が極端に減ったクビタチの祭だ。一応露店も出るし盆踊りもやるが、規模はそう大きくないし、毎年行われる地味な夏祭りに過ぎない。

ただ、数が少ないだけあって、子供には無料で食べ物をくれる露店が多い。

「祭や～、夏祭りや！」

建ち並ぶ露店からただよってくる食べ物の匂いや、頭上を彩る提灯の明かりを、ヒカルは物珍しそうに見回す。ときどき「へえ」と感嘆の声を漏らして、頬を紅潮させて。

「かおる、足、痛ない？」

かおるへの声かけすら、弾んで弾んで、ピンクか黄色だかに染まって聞こえた。

「……大丈夫」

丈が綺麗《きれい》に直った花柄の浴衣に、揃《そろ》いの髪飾りをつけて巾着《きんちゃく》まで引っ張り出してきたかおるだが、足下だけはスニーカーだった。

草履を履いたってどうせすぐに足が痛いと半ベソをかくからと、出かける直前に無理矢理スニーカーにさせたのだ。

すれ違った近所のおばちゃんに「あら、かおるちゃん、浴衣かわいいねえ」と声をかけられ、かおるは居心地悪そうに首を窄《つぼ》めた。典型的な内弁慶なのだ、この妹は。

「よかったやん」

頬を赤くしたかおるを小突いたら、近くの露店から「そこの子供三人！」と威勢のいい声が飛んできた。

「たこ焼きやるよ」

気さくに笑ってたこ焼きのパックをかおるへ差し出したのは、佳紀もよく知る亀山《かめやま》のおじさんだった。毎年夏祭りでは何かしらの露店を出しているのだが、今年はたこ焼き屋をやっていた。

「うおー、ありがとうございます！」

もじもじとたこ焼きを受け取ったかおるとは正反対に、ヒカルは満面の笑みだった。かおるもかおるだが、ヒカルもヒカルだ。

「亀山おじさん、ええんですか？」

「ええよ、子供は無料や。熱いから気ぃつけてな」

「ほんま助かります。ほら、かおるもお礼せな」

佳紀が促して、かおるはやっとか細い声で「あ、ありがとう……」と口にした。歯切れの悪いかおるにも、亀山のおじさんは嫌な顔一つしない。

おじさんの胸元で、十字架のペンダントがぎらりと光った。たこ焼きの鉄板から立ち上る熱気に、その光がゆらゆらと揺れる。

亀山のおじさんの隣でせっせとたこ焼きを焼く息子のマサさんの胸にも、似たようなものがぶら下がっている。

多分、去年の夏祭りでも、ああやって「暑いなぁ」「夜になっても気温が下がらん」と言い合う親子の胸元に、十字架を見た。ただのアクセサリーとしか思っていなかった十字架が、どうしてだか、今は違う意味を孕《はら》んで見える。

だがそんな違和感も、すぐに周囲の賑《にぎ》やかさに流されてどこかへ行く。

露店の並ぶ参道を行き交う人々の雑踏から、「ほら、あれ、辻中《つじなか》の……」と自分達を指さす人の声が聞こえた。

「妹はなんや、まだ学校行けてへんのやろ」

「あっこん嫁は何しとんだか」

祭《まつ》り囃子《ばやし》が響いて、こんなに楽しげで賑やかなのに、その声は奇妙なくらいよく聞こえる。

ちらりと佳紀はかおるを見た。たこ焼きを両手に持ったまま、かおるは俯《うつむ》いている。ひたすら、たこ焼きから立ち上る細い湯気を見ている。

それに気づいているのか、いないのか、ヒカルが「なあ！」とこちらを見た。

「かき氷食わん？　どこにあったっけ？」

「……神社の、境内の方」

佳紀の言葉尻に被せるように、ヒカルは「じゃあ行こに」と言って歩き出す。かおるの手をヒカルが引き、佳紀の手をかおるが引く。

ヒソヒソとした陰口は、次第に祭の賑やかさに掻《か》き消《け》されていく。

露店の多い参道とは打って変わって、境内に向かう石畳の道は静かだった。

丹砂神社と名前の掲げられた鳥居は、提灯の赤い光に照らされていた。露店の数も疎らで、祭り囃子の音も遠ざかる。

「境内の方、他に何あるっけ」

「あー、焼きそばとか……」

ヒカルとそんなふうに言い合いながら鳥居をくぐろうとした瞬間——ガラスが割れるような歪《いびつ》な破裂音がした。

祭り囃子とは違う。祭を楽しむ人々の声とも違う。

何かが何かを拒絶する音だ。

「なに……」

鳥居の向こう側で、ヒカルは立ち止まっていた。かおるが「どしたん?」と首を傾げるが、ヒカルは自分の掌を見つめたまま何も言わなかった。

その目が、静かに鳥居に向けられる。

今の音はなんだ。どうしてヒカルが鳥居をくぐれない。よく考えなくても、わかってしまう。

「あー……ごめん、トイレ行きたい。おれの分も買っといて」

そう言って、ヒカルは踵《きびす》を返した。右の掌を強く握り込んだまま、振り返ることなく鳥居を離れていく。

去り際のヒカルの口元が、苛立《いらだ》ったように歪《ゆが》んで見えた。薄い唇が、「じゃまくさ」と動くのも。

2

参道の方では祭り囃子が賑やかだというのに、かすかに聞こえていたその音も、武田《たけだ》一《はじめ》が「やからなあ！」とテーブルを叩《たた》く音で掻き消えた。

武田の手元の湯飲みがひっくり返るんじゃないかと三笠徹《みかさてつ》は思ったが、湯飲みはちょっと揺れただけで持ちこたえた。

「忌堂《いんどう》の晃平《こうへい》が死んだ後、誰もその後の面倒を見やんかったんが原因やろがい‼」

腕を組み、三笠は押し黙る。よくもまあ、他人の家でこんなに大声で怒鳴れるもんだ、と武田に感心してしまう。

クビタチの地主でもある彼は、丹砂神社の神主である三笠以上に、この村の因習にこだわりがある。

悪く言えば、囚われている。それは自分も同じだと、三笠は肩を落とした。

「ちゅうてもなあ……忌堂の管轄やに、面倒見るっちゅうても、誰も詳しく知らんやろ。晃平の息子は一週間も行方不明になってもうて、帰ってきはしたが、恐らく儀式はやり遂げとらんやろな」

「晃平が言っとった、『こんなこと長くは続かん』と……とうとうそんときが来たっちゅうことなんかっ？」

聞かれたところで、三笠にも明確な答えは言えない。

沈黙にさらに苛立った様子の武田は、先ほどから黙って酒ばかり飲んでいるもう一人——松島義彦《まつしまよしひこ》に視線をやった。

「おめえは、こんなときでも酒か。ずっこいやつやな」

「なんやあ、はっはっ、僕ぁ、死ぬときまでハイボール飲むでぇ」

赤ら顔で若干呂律《ろれつ》も怪しい松島は、これでも松島製材所の社長で、クビタチの林業の中心を担っている男だ。

昔から何をするにものんびりとしていて緊張感のない男だが、酒が、特にハイボールが入ると拍車がかかる。この深刻な集まりに、焼酎《しょうちゅう》のボトルを携えてやってくるようなやつだ。

「そのなあ、本当に山からアレがおらんくなったんか？　そもそもあんなん、本当に実在したんかいな」

「アホか！」

武田より先に、堪らず三笠は松島を睨《にら》みつけてしまった。

「アレは、古くから伝わるクビタチの〈業〉や。この土地の者が、未来永劫《みらいえいごう》ここに閉じ込めとかんとあかんかったもんや。このままやと、松浦だけやなく、村全体が、えらいことになる……」

どうして松浦の婆さんが死んだのか。どうして松浦の人間だったのか、三笠にもわからない。

ただ、このまま事態を放置していたら、きっとまた死人が出る。それだけは確信していた。

忌堂晃平がいない今、それを阻止すべく動くのは、自分と、武田と、松島の役目でもあった。

鼻から大きく息を吸い、三笠は武田を見やった。

「一、田中《たなか》には連絡したか？」

「……した。極力頼りたなかったが、背に腹は代えられん」

苦々しげに頷《うなず》いた武田は、眉間《みけん》に大きな皺《しわ》を寄せる。冷や汗なのか、単純に部屋が暑いのか、小さな汗の粒がそこを流れ落ちていく。

三笠も正直、田中とはそう頻繁に顔を合わせたくない。あの男が来るということは、要するに、その土地に災いが降りかかっているということなのだから。

「そうや、背に腹は代えられん」

3

「あれ、かおるは？」

参道を外れた先の土手でかき氷片手に待っていると、ヒカルはすぐにやってきた。

露店の呼び込みの声は聞こえるが、風向きの関係なのか、ソースの香りも綿菓子の甘い匂いもただよってこない。

代わりに、側の小川から青臭い泥の香りがする。

「きゅうりの漬物買いに行くついでに、母さんにお金もらいに行った」

はい、とかき氷を差し出すと、ヒカルは「やった、サンキュ」と佳紀の隣に腰を下ろした。ブルーハワイのシロップは、外灯の下でほの暗い青色をしている。佳紀のレモン味のかき氷は、沈んだ緑色を帯びていた。

「ずっと気になっててんけどさー、ブルーハワイって、結局何味なん？」

「何味っていうか、かき氷のシロップって全部同じ味らしいで」

案の定、ヒカルは「えっ⁉」と声を上げて、かき氷のスプーンを取り落としそうになる。

「着色してあるだけで、人は味が違って感じるんやて」

「マジかよ」

肩透かしを食らったという顔で、ヒカルはストロースプーンでかき氷をすくった。シロップがたっぷりかかった、とびきり青色の濃い部分を。

しゃくりと湿った音がして、すぐに「美味い」とか「冷たい」とか、そんなリアクションをすると思ったのに、スプーンをくわえたまま押し黙る。

ゆっくりと、佳紀を見た。

「じゃあ、おれは？」

手にしたかき氷の器が痛いほど冷たく思えて、「え？」という声は擦れて喉《のど》から出てこなかった。

「見た目が同じなら、同じに感じるん？」

思い出したのは、この前——タオルケットに包まって「……嫌いになった？」と縋《すが》ったヒカルの顔だった。

〈光〉は、あんな顔をしない。

「……全然」

小さく首を横に振ったら、何故かヒカルは視線を逸らした。「へえ」でも「ふーん」でもない、とろけた曖昧《あいまい》な相槌《あいづち》を打って、かき氷を掻き込んだ。

「なんか嬉《うれ》しそうやな」

「え、そお？」

あ、はぐらかした。そのくせ、耐え切れずに「あー、もう、はずっ」と空になったかき氷のカップを投げ返してくる。カップの底にかすかに残った水滴が、ブルーハワイの人工的な青に染まっている。

「ちょ、もう食い終わったん？」

ははっという笑い声に被せるように、ヒカルが佳紀の名を呼ぶ。

「佳紀はさあ」

「なんや」

「見た目が同じでも、同じに感じられんかったから、おれが〈本当の光〉やないってわかったん？」

ヒカルの視線が、自分の眉間のあたりに突き刺さるのを感じた。夏の夜に村中に響き渡っているはずの蛙の声が、今日は聞こえないことに気づく。川を音もなく水が流れ、木々の枝葉が、やはり音もなく揺れる気配だけがした。

ヒカルから、ゆっくり目を逸らした。

「ちゃうよ」

気がついたらそうこぼしていた。

「俺は、光の死体、見とるから」

——絶対に探しに行こうと思わないで。お願いだから家にいて！

あの日、母は佳紀にそう言った。


酷い嵐の日だった。

夕立かと思われた豪雨は夜になっても収まる気配がなく、山間のクビタチ村には雷が鳴り響いていた。地響きがするほどの雨だった。

集落中の大人は、そんな天気の中を捜索に出ていた。

忌堂光——物心ついたときから一緒に過ごしてきた彼を、みんなが探していた。

「兄ちゃん……どこ行くん」

玄関で雨合羽を着込む佳紀に、かおるはおずおずとそう聞いた。居間には煌々《こうこう》と明かりがついていたのに、玄関は真っ暗だったのをよく覚えている。

「ちょっと外、見に行くだけ」

長靴に足を突っ込むと、かおるは訝《いぶか》しげに「嘘やろ」と吐き捨てた。

「大人が探しに行ってるから、子供はおうちにいろって、お母さん言っとったやん」

「すぐ戻るから」

懐中電灯を手に、玄関の戸を開けた。「絶対、帰ってきてね」とかおるが言ったのが、激しい雨風の音に混じって聞こえた。

山に行くと光は言った。佳紀が母にそれを教えたから、村の大人達はクビタチを囲む笠《かさ》山《やま》、二笠山《ふたかさやま》、松山《まつやま》をそれぞれ探しているらしかった。

特に二笠山では光の祖父が椎茸《しいたけ》の原木栽培をやっているから、その周辺を探すのに人手が割かれているはずだ。

でも、捜索が始まって随分とたつのに、光は見つからない。

打ちつける雨で数メートル先も見通せない中を、佳紀は笠山でも二笠山でも松山でもない場所へ向かった。

光の家の裏手にある丹砂山《にさやま》——地盤が緩く、熊などの獣が出るからと禁足地にされている山。子供は特に近づくなと釘《くぎ》を刺されている。クビタチの人間は積極的に足を踏み入れたがらない場所だ。

山に行くと言った光が見つからないのなら、彼の行き先は丹砂山なのではないか。早とちりでも勘違いでもなんでもよかった。

「光がここにいない」ということがわかるのなら、それでよかった。温かい家で何もせず待っているより、ずっとずっと、マシだ。

辛うじて舗装されていた道が砂利道になり、雨で溶け出した泥の道になり、その道すらなくなっていく。

「おい、いたか――」

雨音の向こうから人の声が聞こえた。暗がりに、懐中電灯の光がいくつか揺らめいている。どうやら、丹砂山の禁足地にも捜索隊は入っているらしい。

それでも、佳紀は足を止めなかった。

雨合羽の中で襟足までぐっしょりと濡《ぬ》れ、自分の頬を伝うのが雨粒なのか汗なのかわからなくなっていく。

泥にまみれた長靴を引きずって、濡れた藪を掻《か》き分《わ》けた。

光の名を何度か呼んでみたが、雨と雷の音にすぐに掻き消されてしまう。泥を踏みしめる自分の足音が、自分の中の何かを削り落としていくような感覚がした。

遠くから響いていた捜索隊の声が聞こえなくなり、自分の呼吸の音しかしなくなった。

吐息に情けない鼻声が混ざっている。腹を空《す》かせた猫みたいに、親を探す犬みたいに、喉を震わせて。

額から流れ落ちた雫《しずく》が目に入った。視界が歪《ゆが》んで、瞬きをしても全く晴れない。くそ、と何度も呟《つぶや》いて目元を拭《ぬぐ》った。

懐中電灯の光が黒い影を捉《とら》えたのは、そのときだった。

「……ひかる」

呼びかけは雷鳴に掻き消された。

白く光る笹草の中に、忌堂《いんどう》光は横たわっていた。

間違いなく光だった。忘れようとしたって忘れられない。離れようとしたって離れられない。大切だと思うものをいくつ失ったとしても、きっと、こいつだけはなくせない。

両手で頬に触れた。冷たかった。石みたいだった。唇は白く、胸は上下していなかった。

笹草の先から落ちた大粒の雫が、不思議なほど綺麗《きれい》な光の額を伝う。指先でそっとそれを擦ったら、指先が切れそうなほどに冷たかった。

死体って、案外、綺麗なんや。耳の奥深く、呆然《ぼうぜん》とそう呟いた自分がいる。なんでやろう、ああ、そうか、冬やからかな。冷静に周囲を見回して、早く誰かに伝えなければと行動を起こそうとする自分がいる。

なのに、気がついたら佳紀は家にいた。

ずぶ濡れのまま、玄関で母に抱きしめられていた。居間からかおるがそっと顔を出していた。

「今、消防団で頑張って探してるからっ」

違う。俺は光を見つけた。泥汚れのこびりついた唇は、震えて何も発せない。

「大丈夫だから……！」

だから、そうじゃなくて。

口を開けたら、呻《うめ》き声だけがこぼれた。母が佳紀の名前を呼び、肩を揺すった。頬を叩《たた》いた。「あんた、すごい熱……」と、喉を痙攣《けいれん》させながら叫んだ。

それから数日、佳紀は高熱にうなされながら寝込んだ。一体何日寝込んでいるのかもわからないほど、夢と現実の境目をさまよった。

熱が下がったら、「ヒカル」がいた。

希望ヶ山の市立病院に検査入院したヒカルは、ベッドの上で元気そうに笑っていた。呆然としたまま駆けつけた佳紀を、茶化すみたいに。

「────何度も夢かと思ったけど、現実やってん」

光の死体を見つけたのは夢だった。そう思い込む方法はたくさんあった。思考停止するチャンスも、いくらでもあった。

でも、できなかった。

「他にもいろいろ違和感はあったけど、そんなんで普通、別人とか思わんやろ」

息をしていない光の頬の冷たさと、指先にこびりついた血の感触を、佳紀はまだ覚えている。たった今食べたかき氷の味よりずっと、鮮明に。

どれだけ拭っても拭っても、光の死を消すことができなかった。

「えー……お前……」

口を両手で覆って、ヒカルは肩を落とした。指の隙間から「ヤバぁ……」という溜《た》め息《いき》まで漏れ聞こえてくる。

「多分、そんときはもう〈おれ〉になっとったけど、身体を修復するまで数日かかった気がするから、そんときに見たってことよな」

こいつがそう言うのなら、そうなんだろう。

「半年間ずっと、抱えてたってこと？」

「やから、不眠になっとんやん」

眉間《みけん》にずきりと痛みが走って、佳紀は顔を伏せた。膝《ひざ》を抱えて、腕に顔を埋める。

光に会いたい。ちろちろと流れる小川の音に笹舟を流すように、そう思った。光。他の誰でもない、お前に会いたい。

「あー、くそ」

この狭い村の中には、光の記憶がいたるところにある。

互いの家、その間を繋《つな》ぐなんてことない細い道、田んぼを囲む石垣、希望ヶ山へ続く土《つち》埃《ぼこり》を被ったアスファルトの道、日に焼けたカーブミラー、色褪《いろあ》せたポスト、水遊びをした川——光のいなかった場所がない。

だから、どこにいても、ふとした瞬間に光が降ってくる。

「なに、死んどんねん」

食いしばった歯の隙間からこぼれた怒りは、どうしたって啜《すす》り泣《な》きになってしまう。


——早く家を出たい。

中学生の頃、光にそう言ったことがある。確か、一年生の頃だった。

二笠山から流れる川の上流に沢ガニを捕りに行って、サンダルで川に入っていく光の背中を、佳紀は平たい岩の上に腰を下ろして眺めていた。

足で撥《は》ね上げた水がTシャツの裾《すそ》を濡らして、そんなことを気にも留めずに沢を覗《のぞ》き込む光を見ていたら、ぽろりと口からこぼれてしまったのだ。

「えー、なんで。佳紀は都会に行きたいん？」

「田舎はクソや」

光の声が能天気だから、自分の声のどす黒さが際立って聞こえた。子供っぽい反抗ではなく、本気で、心の底から、俺はこのクソ田舎が嫌いなのだと、そのときつくづく思った。

「なんであんなに、うちの家族のこと探ってくんねやろ」

「あー、またお前んとこのおとやんとおかやん、喧嘩《けんか》したんか」

ははははっと笑う光に反して、佳紀は川底を睨《にら》みつけた。腹立たしいほどに澄んだ水の中を、小指ほどの小さな魚が流れに逆らって泳いでいく。

「うちの親、仲悪いし。いつものことやのに、弥三郎《やさぶろう》のばあさんとか、聞こえよがしに
……」

母が東京の人だからだろうか。別に、ちょっと喋《しゃべ》り方が都会っぽいくらいなのに、何がそんなに気になるのか。

人の家に探りを入れて陰口を叩くのが、どうしてそんなに楽しいのか。

「そういう弥三郎んとこも、この前、大喧嘩《おおげんか》してたやんな。跡取りの雄介《ゆうすけ》君が病気やって」

「病気やない」

喰《く》い気味に否定してしまい、慌てて「雄介君は、病気やないよ」と言い直す。

「同性愛者や」

「ふーん、えるじーびーてぃ？」

「知らん」

変わらず能天気で鈍感な口振りに、苛立《いらだ》ちもしたし安心もした。これ以上この話を光にしたくなかった。

「この村は狭すぎるんよ。狭すぎて、よう息もできやん」

きっとそれは、弥三郎の雄介君だって、そう。

パシャンと、光が川の水を蹴《け》り上げる。歌うような軽やかな音だった。音符が散らばるみたいに、川面が波打って白く光った。

「じゃあさー、今日はおれん家、泊まれし」

「は？」

「田舎はクソでも、おれん家におる間は楽しいやんな！　都会に行きたくなったら、おれんとこ来たらええ！」

そんな簡単な問題じゃない。そんな軽々しい憤りじゃない。

でも、光の言葉のお尻《しり》で輝く「！」は、いつも一瞬だけ佳紀の胸に渦巻く霧を晴らしてしまう。

どんなクソ田舎でも、光と一緒にいる間は、息がしやすい。こいつの周りは空気が濃い。それすらなくなる日が来るのがぼんやりとわかるから、だから俺は、ここを出ていきたいと思うのだろう。

「佳紀、見て！」

金色に光る川面に勢いよく手を突っ込んだ光が、二匹の沢ガニを掴《つか》んで川から上がってくる。

「カニ！　カニ！」

生臭い沢ガニをグイッと佳紀の両頬に押しつけてくるのを、甘んじて受け入れた。

その顔がそんなに面白かったのか、光は目尻《めじり》にじんわりと涙を浮かべて、ゲラゲラ笑っていた。

そういうことを、川の流れる音を聞くと思い出す。

ヒカルに名前を呼ばれた。声は同じなのに、どうしても光ではなくヒカルなのだ。

戸惑いながらも彼がこちらに手を伸ばすのが気配でわかった。温かな掌が佳紀の肩に触れようとして、静かに離れていく。

かさりと、服と草と土が擦れる音がする。

「おれ、どっか行ってくる」

立ち去ろうとしたヒカルのTシャツの裾を、ずんと掴む。

光ではないとわかっているのに、こうやって縋《すが》ってしまう。こいつのTシャツを離せない。

困った様子でその場に立ち尽くしたヒカルは、しばらくすると再び佳紀の隣に腰を下ろした。

「あのさ」

擦れた声で、佳紀に語りかける。

「おれさ、代わりにはなれへんかもやけど、お前のこと絶対守るし」

顔を上げた。川の方から緩く涼しい風が吹いてきて、佳紀の長く伸びた前髪を揺らした。

「お前のお願いなら、なんだって聞いたるから」

第五章　やっと息ができた

1

何故、よりによって調理実習の献立が唐揚げなのか。

ステンレスボウルの中で鶏肉に調味料を混ぜ込みながら、佳紀は今日何度目かの溜め息を堪えた。

ビニールの手袋をしていても、覚えのある感触が掌で蠢《うごめ》いている。

「佳紀、はよして」

同じ班の結希に急かされ、佳紀は観念してボウルの底深くまで手を入れる。うわ、思い出せば思い出すほど、ヒカルの中と同じ感触だ。

タレに漬けた鶏肉――あまりに的確なたとえをした自分を、この際、褒めてやりたい。

うなじのあたりが粟立《あわだ》つのに耐えながら、結希と共に一緒の班になった巻を見る。

千切りと指示されたキャベツをだいぶ分厚く切りながら「うひょー、オレ、唐揚げ好き！」なんて言う巻が羨《うらや》ましかった。唐揚げごときで「うひょー」と言えるこいつが、心底羨ましい。

恥ずかしげもなく小学校の家庭科の授業で作ったドラゴンの柄のエプロンをつけられるのも……いや、これは別に羨ましくない。

「ろくに手伝わんくせに、やっと手伝ったと思ったらキャベツは千切りとちゃうし。なんやこれ」

親指くらいの太さのキャベツの千切り（？）を、結希が苦々しい顔で摘まみ上げる。

「うっさいなー、おかやんかっ」

巻がそんな応戦をするから、案の定、言い合いが始まる。

下味をつけた鶏肉をボウルごと結希の方へそっと追いやって、佳紀は黙って手を洗った。

手袋をしていたのに、洗わずにはいられない。

「三角巾《さんかくきん》」

ぐいっと、頭に被った三角巾を背後から引っ張られた。天井に向かって、三角巾の端がぴらぴらと揺れていた。

「幽霊の頭の布みたいになっとるよ」

ニヤリと笑ったヒカルのエプロンの柄は、巻とは少しデザインが違うがドラゴンだった。

どうしてこいつらは、高校生にもなってドラゴンエプロンで平然としていられるのか。

「さっき、なんでやたら真剣に鶏肉見てたん」

ヒカルが、鶏肉の入ったボウルを指さす。

なんだよ、見られてたのかよ。はぐらかせばいいのに、「なんか……」と言いよどんでしまう。

「なんか？」

「感触が、そのなー……似とってん。この前の、その……」

お前の中の。

そう言いかけた佳紀を、ヒカルがじっと見ていた。エプロンのドラゴンまで、揃《そろ》って佳紀を見ている。

「お前、そんなこと考えてたんか。一人で、鶏肉見ながら、むっつりと」

言いながらぶふっと噴き出したヒカルを、咄嗟《とっさ》に睨む。睨むことしかできない。

「なんやその反応。別にええやろ」

「いや別にええけどな」

それでもヒカルは肩を震わせ続けた。やっと笑い終わったと思ったら、妙に凪《な》いだ笑みを浮かべて、佳紀の顔を覗き込んでくる。

「もう一回、触ってみん？」

結希が鶏肉を揚げ始めたらしい。ヒカルの班もそうだった。あちこちからカラカラ、パチパチと油の爆ぜる音がする。

囃《はや》し立てられているようにも聞こえたし、何かの警告のようにも聞こえた。

「嫌や、怖いし。あの感覚、慣れやんから」

「でもなー、林道のときもそうやったけど、お前、おれみたいなやつからの干渉に耐性なさすぎ。見ててハラハラすんねん。むしろ触って慣れといた方がええんよ」

な？　とこちらを窺《うかが》うヒカルに、建前とは別の本音があるような、ないような。そんな嫌な予感がした。

答えに迷っているうちに、コンロの前に立つ結希が「佳紀ぃ、お皿出して」と食器棚を指さした。

「巻のやつ、全然役に立たん」

ちらりと巻の方を見ると、ヒカルと同じ班の男子に「オレのエプロン、めっちゃカッコええやん？」と胸を張っていた。

「わかった、ええよ」

結希に向けて言えばよかった言葉を、何故かヒカルに向けてしまった。

「よーし、じゃあ、放課後な」

ヒカルは嬉《うれ》しそうに自分の班に戻っていく。

佳紀の班の唐揚げは結希のおかげで美味しく揚がったが、ヒカルの班の唐揚げは真っ黒焦げで食べられたものじゃなかった。

ダークマターとかトラックの裏側の味がするとか散々な言われようだったが、それはそれで、ヒカルは楽しそうにしていた。


一昔前に比べて生徒数が減り続けている希望ヶ山高校には、空き教室がいくつもある。昔はここもちゃんと授業に使われていたんだとわかる程度に、その名残がある。

校舎の端の端、立入禁止の貼り紙はあるものの施錠はされていない教室の一角で、いつかのようにヒカルはワイシャツのボタンを二つ外した。

日に焼けた肌の上に、喉元《のどもと》から胸にかけて、細い細い割れ目が走った。

「あー、もう」

手を伸ばしては引っ込めるを二度繰り返した佳紀に、ヒカルはじれったそうに肩を竦《すく》めた。

「はよしてや、部活始まる」

たいして真面目に練習しているわけでもないくせに。なんて皮肉は言えなかった。

「心の準備が、あんねん」

深呼吸を一度して、それでも足りずにもう二度、息を吸った。

息を止めて、右手をヒカルの割れ目に差し込む。

指先を舌で舐《な》められるような感触も、ひやりと冷たい湿った感覚も、いつかと同じだ。

じわじわと肌を締めつけてくる圧迫感に、調理実習で散々触った鶏肉を思い出して、喉《のど》の奥が強ばる。吐きそうになる。

でも、初めてのときのように長くは続かない。

「……前よりは平気や」

「はは、慣れてきたんちゃう？」

慣れる？　こんな行為に、慣れて堪るか。以前、暮林に言われた「混ざるで」という言葉が、脳裏をよぎった。

その瞬間、指先から、ずるっと何かが入ってくる感覚がした。

人差し指から手の甲、手首、二の腕と、佳紀の中を佳紀でないものが這《は》い上がってくる。

悲鳴を上げる佳紀のことを、ヒカルがじーっと見ていた。酷く興奮した目で、頬骨のあたりを赤く染めて、初めて手に入れた玩具《がんぐ》で遊ぶような好戦的な顔をしていた。

「お前、俺の方に……」

引き抜こうとした右腕が、ヒカルの中で、何かに強く掴まれる。

ヒカルは表情を変えず頷《うなず》いた。短く短く「うん」と頷くのに合わせ、佳紀のうなじのあたりで何かが熱っぽく爆ぜた。

唐揚げの、揚げ油みたいに。

あのときと一緒だ。佳紀が暮林と会っていたことを、ヒカルに指摘されたとき。あのとき佳紀に襲いかかってきたヒカルの中身と同じ。

佳紀を取り込もうとする、禍々《まがまが》しい感触。

それが、頬のあたりを掠《かす》め、佳紀の脳内の一番奥の、誰にも触らせたくないところに届くのがわかった。

その瞬間、やっと声が出た。

「やめろ！」

ヒカルが目を瞠《みは》って、その隙に佳紀は腕を引き抜いた。ずるずるという音と共に、佳紀の中にあったヒカルの感触も消えた。

右腕には、この前ヒカルに強く掴《つか》まれたときの痕《あと》がまだ残っていた。なかなか消えないと思っていたのに、むしろ濃くなったようにさえ見える。

「……今、何してん」

肩を大きく上下させ、息を吸って、吐いて、もう一度吸って——ヒカルを睨《にら》みつけた。

ヒカルはとぼけた様子で、視線を泳がせる。

「ちょっと、おれの方から触っただけやし……これに慣れんとあかんのやもん」

「ほんとか?」

もう一回、触ってみん? そう言ったヒカルの顔を思い出しながら、佳紀は問いただした。

「薄々思っとったけど、自分が気持ちいいからやっとんちゃうの?」

中に触れられることが、もしくは誰かを体内に取り込むことが、こいつの中で快楽や満足感を生んでいるんじゃないか。以前から感じていた疑念が、はっきり形を持った。

「どうなん?」

どうやら、図星だったらしい。うっ、と喉を鳴らしたヒカルは、なんの言い訳もせず佳紀から目を逸らした。拍子抜けするほど、素直な反応だった。

「あのさあ、人が嫌がってることは、あんましたらあかんねんで。わかった?」

「な、なんや……わかったよ」

でも。

おずおずとこちらに手を差し出すように、ヒカルがつけ足す。

「本当に嘘はついてやんから。おれ、お前に嘘つかんって」

親に叱られた子供みたいに肩を落とすから、そうされたら、信じるしかない。そもそも、ヒカルが自分に嘘をつけるとも思わなかった。

だってこいつは、俺に嘘をついたら、本当に世界で独りぼっちになるのだろうから。

「そこは信じとるよ、一応」

「……一応かあ」

肩を落として小指で頬を掻《か》くヒカルから、少しだけ視線を逸らして佳紀は頷いた。

そっと右腕に触れた。ヒカルの中の感触は、もう皮膚の上には残っていない。

でも、皮膚の下、筋肉でも血管でも骨でもなく、もっと奥の方。〈佳紀の中〉としか言いようのない部分に、まだヒカルが残っている。

気持ち悪い。でも、それだけじゃない。背筋が凍りつきそうな気持ちのよさも、確かにあった。目を背けたくなるほどに、はっきりと。

暮林の言った〈混ざる〉とは、〈あちら側に近づく〉〈アレの一部になる〉とは、こういうことなのだろうか。

この感覚が積み上がったら、ヒカルと混ざって、離れられなくなるのだろうか。

絶対にあかん。そう思う。間違いなく思う。

なのに、ヒカルの恍惚《こうこつ》とした顔が忘れられない。体内を這い上がるヒカルを感じながら、自分も同じ顔をしていたんじゃないか。

そんなふうに、思ってしまう。


あちらの世界のもんも引き寄せやすくなるかも。暮林がそんな忠告もしていたことを、佳紀はその日の夜に思い出した。

かおるが、家の風呂場《ふろば》で〈おばけ〉を見た。

＊

「風呂《ふろ》に、〈カツラの妖怪《ようかい》〉が出るっ？」

巻があんまり大声で言うものだから、フードコートにいた他の客が、何組かこちらに注目する。平日とはいえもう夕方だから、ミオンのフードコートには希望ヶ山高校の生徒の姿もちらほらあった。

佳紀は慌てて咳払《せきばら》いをした。

「せやねん。『風呂にカツラの妖怪が出るから入りたくない』って、昨夜からうるさくて」

「なんやそれ、絶対抜け毛やん」

「いや、なんか量がクソ多くて、明らかに抜け毛ちゃうって。しかもめちゃくちゃアグレッシブなんやって」

昨夜、夕飯のあとに一番風呂に入ったかおるは、ものの数分で悲鳴を上げながら風呂場を飛び出してきた。

台所で洗い物をしていた母に飛びついて、「風呂におばけぇ！　カツラの妖怪！」と叫んだのだ。

食卓でテレビを見ていた佳紀は真っ先に「はあっ？」と言ったのだが、かおるは「嘘やない！」とこちらを睨んだ。

髪を洗っていたら、足に髪がまとわりついていた。

うちはみんな髪が短いのに、長い髪だった。

ぴちょんと水音がしたと思ったら、湯船と風呂蓋《ふろふた》の隙間から、大量の髪の毛が覗《のぞ》いていた。人一人分は間違いなくあった――かおるはそう言った。

手を伸ばしたら、ずるんっと湯船の中に消えた。風呂を飛び出して、身体も拭《ふ》かず服を着て、脱衣所を出ようとしたら、背後でドンと音がした。

振り返ったら、風呂のガラス扉に髪の塊がへばりつく影があった。

「嘘〜！」

詳細を話しても巻は笑うばかりだった。無理もない。佳紀も正直、話していて「カツラの妖怪ってなんやねん」と思う。

フードコートに来る前に立ち寄ったゲームセンターで、巻に頼まれてクレーンゲームでぬいぐるみを取ってやった。そのぬいぐるみが「育毛剤工場での過酷な労働のせいで髪が伸びてしまった」という犬なのか猫なのかわからないキャラクターだったから、思わず話してしまった。

「またお化けかよ〜」

ぬいぐるみの恩も忘れて、巻はジュース片手にひたすら笑っている。少し前は、帰り道に通る林道が怖いから一緒についてきて、なんて言っていたくせに。

「最近、野球部の先輩もなんか見たって言っとったし、こういうの増えてね？」

巻に反して、ヒカルはずっと静かだった。ジュースのカップに刺さったストローを見下ろしたまま、「ふーん」と鼻を鳴らしただけだ。

ゲームセンターでは、ぬいぐるみを取ってもらって喜ぶ巻を「女の子にでもあげるん？」とからかっていたのに（そしてそれはどうも図星だったらしい）。

「佳紀は、まだそいつを見てはないんやろ？」

やっと口を開いたと思ったら、柄にもない思案顔でそう聞いてくる。

「うん……何も見とらん」

かおるが風呂《ふろ》を出たあと、佳紀はシャワーだけを浴びた。湯船の中、風呂桶《ふろおけ》の裏、風呂椅子の下、風呂中を入念に確認したが、どこにも何もいなかった。そのあと風呂に入った両親も、結局何事もなかった。

「じゃあ、今日この後、お前ん家の風呂、見に行くわ」

ジュースを勢いよく飲み干したと思ったら、ヒカルはすぐに席を立ってしまう。巻はぬいぐるみ片手に「えー、もう帰るん？」と言ったが、空のカップをゴミ箱に放り込むヒカルに、佳紀も続いた。


「麦茶、飲む？」

玄関の戸を開けた途端に「あー、暑かった」と額を拭《ぬぐ》ったヒカルの顔を窺《うかが》い見るように、佳紀は聞いた。

「いや、それより風呂」

きっぱり言い切って、ヒカルはスニーカーを脱ぎ捨てる。

ヒカルにしては性急な行動に思えて、かおるの言う〈カツラの妖怪〉とやらが、どうやら洒落《しゃれ》にならないレベルで〈本物〉なのだとわかってしまう。

暮林が言っていた、こちらの世界のものじゃないアレ、だ。

「……なんで、俺の家にお化けが出るん？　ていうか、アレって一体なんなん」

「なんやろなあ、〈ヨゴレ〉とか〈ケガレ〉的な？　人間が生きてるところには必ず溜《た》まるんよ。普通はあんなふうに出てこやんけど」

「なんでわざわざ俺ん家に」

家には誰もいない。父も母も仕事だし、かおるも今日は母の勤める美容院に一緒に行っている。

学校に行かなくなってからときどきこうやって母の仕事についていくのだが、恐らく今日は家にいるのが怖いという理由からだろう。

誰もいない家は静かだった。だから、ヒカルが「それはさー」と呟《つぶや》くのが、不思議と家中に響いた。

「佳紀が、あっちのやつらにとって魅力的なんよ。優しいから」

「ようわからん。なーんも優しないけどな」

ヒカルと混ざりすぎると、あちらの世界のものも引き寄せやすくなる。それが、ヒカルに言わせれば「優しいから」ということなのだろうか。

脱衣所には淡い西日が差していた。白っぽく照らされたガラス戸を前に、ヒカルは顎《あご》に手をやってしばらく曇りガラスの向こうに目を凝らしていた。耳を澄ましているようにも見えた。

「……何もおらん？」

「いや、おる」

即答され、思わず一歩後退《あとずさ》ってしまう。

「ほんとになー、おれに寄ってくるんはええけど、なんで佳紀にまで」

「一体、何するつもりなん」

「また潰《つぶ》して入れるよ」

なんてことないふうに言って、ヒカルは風呂場の戸を開ける。毎日使っている風呂場が、そこにある。

「大丈夫なんか」

「大丈夫、大丈夫。お前はおれが守るから」

ふっと笑って、ヒカルは戸を閉めた。

待っても待っても、風呂場は静かだった。ヒカルが動く気配すらなかった。何度か呼びかけようとしたが、あまりに静かでそれすら躊躇《ためら》われた。

どれくらいたったか。脱衣所に差し込む西日が少しだけ橙色《だいだいいろ》に染まり出した頃、風呂場からドンという音がした。

顔を上げたら、何かを殴りつける歪《いびつ》な音と、水音がした。

何かが……誰かが、水に落ちる重たい音が。

「ヒカルっ、なんや！」

返事はない。扉に手を伸ばして、一度だけ尻込《しりご》みして、思い切って開け放った。

すぐに後悔した。風呂場の空気は淀《よど》んでいて、息が詰まるような饐《す》えた匂いがした。

「……おいっ」

ヒカルは、湯船の中にいた。昨夜、母が栓を抜いて空にしたはずの湯船は水で満たされていて、ヒカルは頭まで水に浸かっていた。

自ら這《は》い上がったヒカルの手が、湯船の縁を掴《つか》む。

「なにしとるん……！」

ヒカルを引っ張り上げようと水に手を突っ込んだら、腕に細い何かが大量に絡みついてきた。

髪の毛だった。

無数の長い髪が、佳紀の腕を這い上がってくる。

ヒカルの中身に触れたときのことを思い出した。あのときと同じだ。人間ではない何かが、佳紀の中に入ってくる。

ヒカルの名を呼ぶ間もないまま、佳紀は水中に引きずり込まれた。髪は佳紀の足を、腰を、胴を、首を絡め取り、目の前を無数の泡が舞った。

濁った泡の一つ一つに、さっきのフードコートのこと、昨日のこと、先週のこと、先月のこと、光がいなくなったときのこと、光のこと、光のこと、光のことが、映り込んでは消えていく。

気がついたら、佳紀は水田の真ん中にいた。

クビタチの景色ではなかった。石を積んで段々になった田んぼではなく、どこまで行っても平らな場所に、気持ち悪いくらい真四角な水田が並んでいる。

定規で線を引いて作ったようなあぜ道に、佳紀はたたずんでいる。

「……風呂」

頭上を見れば、空があるはずの場所は真っ白だった。作りものみたいな白さだ。無機質で、プラスチックの匂いでもしてきそうな、気持ちの悪い白。

「ああ……」

夢や、これ。

呟きかけたとき、自分の顔に影が差した。

太陽なんてないのに、影が差した。

隣に、まるで長年の親友みたいなたたずまいで、脳味噌《のうみそ》がいた。ナメクジみたいな巨体をくねらせて、ぬるぬると頭を前後させて、佳紀を見下ろしている。

目なんてないのに、見下ろしている。

「大根、もらってやあ」

近所のおじちゃんの声だった。

「とろくさい子やに、あっこん息子は」

背後から声がして振り返ると、全く同じ脳味噌がいた。声は、ときどきスーパーノゾミのレジで遭遇する西田屋のおばさんだった。

気がついたら、無数の巨大な脳味噌が佳紀を取り囲んでいた。じっとりと熱を持った何かが、佳紀の頬を撫《な》でた。

「頭ええんやろ？　大学はどうするんや」

「おい！　前髪切らんのか」

「碌《ろく》に挨拶《あいさつ》もできん息子で」

「また辻中《つじなか》が喧嘩《けんか》しとったに。ほんまにあっこん息子がかわいそうやわ」
どの声も、どの言葉も、知っている。
この息が詰まるような集落の中で、佳紀がこれまで散々聞いてきたものだ。
ずるずる、ずるずる。巨体を引きずって、佳紀に迫ってくる。
お前の父親はあかんなあ。
みんな心配しとるで。
妹は美人さんやなあ、うちの長男はどうや。
妹はなんで学校行かんのや、ほんま甘やかしはあかんなあ。
なんでもおばさんに言ってな。
ええの、ええの、持っていきな。
おっかない嫁や、都会の女はほんま気取っててなあ。
大きなったなあ、身長なんぼや。
うちの息子はもっと家の手伝いしとったで。
ええ子はおらんのか?
お母さんのためにもはよ結婚したれ。
ちゃんと部活しとんのか。

前髪、俺が切ったろけ？

話し方が父親にそっくりやなあ、年々似てきとるよ。

いっつも陰気くさい面やなあ。

――耳を塞《ふさ》いだら、こめかみのあたりに刺すような痛みが走った。

脳味噌が目と鼻の先で、「夜中まで電気点けて何しとるん」と問いかける。湿った皺《しわ》の一本一本から、吐き気のする生温かさが佳紀の鼻を掠《かす》める。

息が、できなくなる。

「どうせ上京して林業も継がんのやろ、残される親のことも考えんで」

折り重なる脳味噌に押し潰されそうになったそのとき、遠くから名前を呼ばれた。

光の声だった。


やっと息ができた。顔を上げると、光がいた。

確かに、光だった。

真っ黒なランドセルを背負った小学生の光は、小さな段ボール箱を抱えて、佳紀を睨《にら》んでいる。

「逃げんな、馬鹿」

箱の中には、カラスの雛《ひな》がいた。もう息をしていなかった。

「こいつ……」

名前は確か、カー太郎だった。名付けたのは光だった。小学生の頃、光と二人で世話をしていた。

光の祖父の椎茸《しいたけ》の栽培場の側で、親もおらず独りぼっちでいるのを、二人で見つけたから。

でも、大人になることなく死んだ。

「カー太郎が死んだん、佳紀のせいやん」

「……違う」

「違わん！　今日のエサ当番、佳紀やったろ」

そうだ。確かにそうだった。あのときも光は佳紀を咎《とが》めた。

俺は、なんて返したんだっけ。

「生き物なんやから……こういうのは、仕方ないことやったんや」

「はあっ？　仕方なくない！　言い訳すんなや！」

そうだ、光は納得しない。光はそういう子だった。

わかっているのに、目の前にいるのは小学生の光なのに、眉間《みけん》にずきりと鋭い痛みが走る。何度も何度も、しつこく響いてくる。

「光だって、あんとき、エサのこと、忘れてたやろ」

「でも今日の当番はお前やったんや」

ずきり、ずきり。何度も斬りつけてくるのは、一体誰なのか。

「餌やり忘れとったんは悪かったな。でも、一回だけや」

「その間に死んどるんや」

そうだ。確かに、そうだった。

「お前は二回も忘れて、そのたび、俺があげたけどな」

ほんの少し目を瞠《みは》った光が、言葉に詰まる。でも、すぐにやり返してくる。子供っぽく乱暴に、無邪気に怒りを振り回す。

「いい加減認めろや、アホ！」

お前のせい、お前のせい、お前が悪い。

カー太郎が死んだ悲しみも、取り返しがつかないという憤りも、抱えておくことができないから、誰かにぶつけるしかない。

高校生の光よりずっと子供っぽい目が、そう嘆いている。

わかっているのに。

「は？　絶対嫌や」

わかっているのに、どうしてだか、佳紀の感情まで幼くなる。沸点も、理不尽を許容できる限界も、怖いくらい低くなって、喉元《のどもと》で暴れ回る。

「俺のせいやない……！」

「は？　きっしょ」

「きしょいんはお前や。つーか、俺の方が全然カー太郎の世話してたし。なんで俺だけそんな言われるん」

「じゃあなんで死ぬん。この前まで元気やったのに」

「知らん。光だって変なもの食わせてたやん。だから死んだんやないの」

そもそもカー太郎は、親と離れた時点で長く生きられなかった。きっとそうだった。今ならちゃんとわかるのに、止められない。

「お前は、いっつもいくじなしやな！」

光の細い腕に胸ぐらを掴《つか》まれて、頭に血が上った。

光の柔らかな髪に掴みかかった自分の腕も、細かった。背中で光と同じ黒いランドセルがごろんと揺れて、勢いに任せて彼に飛びかかった。

どぼん、と、耳の奥で泡の弾ける音がした。

2

「この前、なんかＤ組の竹下《たけした》君に呼び出されてん」

結希は「え、マジ？」と怪訝《けげん》そうに目を細めた。マジもマジなのである。コンビニを出た途端にあっという間に結露し始めた炭酸飲料のペットボトルを握り締め、朝子は大きく頷《うなず》いた。

「竹下君……あのやたらモテとる……」

「そう！　え、なになに？　ってなるやん」

「まさか……」

まさか、とは思った。竹下君の元へ向かう自分は、間違いなくふわふわふわと浮き足立っていた。

「行ってみたら、クラス中の男子の前で腕相撲挑まれてん。この前映画で観た地下格闘技場がよぎったもん」

なんとなく予想していたのだろうか、結希は「やっぱり」という顔でゲラゲラ笑い出した。

「もうね、ボコボコに負かしたよね。こうなったら腕相撲王として名を馳《は》せちゃお」

「伝説になってほしいわ〜」

「やだよぉ」

なんて笑い合いながら、蝶結《ちょうむす》びがちょっとずつ解けていくみたいに、自然と「じゃ、もう帰らんとだわ」と互いに手を振る。

結希と二人で帰る日は、別れ際はいつも決まってそうだった。

「おっ、また明日ぁ」

踏切の警報音が響いて、朝子はひらひらと振っていた手を止めた。

結希の家は希望ヶ山町の市街地にあるから、学校からも比較的近い。コンビニの前を通過して踏切を渡って少し歩けば、彼女の家だ。

朝子だって何度も渡ったことのある踏切に、遮断機が下りる。

赤いランプが、点滅する。

普段と変わらないはずの警報音から、今日はとびきり嫌な気配がした。耳元に誰かが湿った吐息を吹きかけてくるみたいな、気持ちの悪い感覚だった。

「今日、そこの踏切、使わん方がいいかも」

足を止めた結希が、「またぁ?」と朝子を振り返る。真っ白な夏用のセーラー服に西日が差して、肩口のあたりが淡い金色を帯びていた。

「まあ、あーちゃんの勘は当たるもんね。わかった」

朝子の助言を全く疑うことなく、結希は「じゃ」と再び手を振って、踏切の手前の交差点を曲がっていった。

彼女の姿が見えなくなったのを確認してから、朝子は耳にイヤホンを突っ込んだ。スマホを弄って、音楽をかける。いつもより少しだけ、ボリュームを大きくして。

警報音はまだ聞こえている。カンカンという甲高い音が、次第に「来るよー」という声に聞こえ出した。

来るよー、来るよー、来るよー。

何が来るのか、どうして朝子に呼びかけるのかわからない。

じきに電車が通過して、踏切は開く。でも、渡ったらどうなるのか、考えたくもない。

この前、巻に頼まれて、みんなでアシドリへ続く林道を歩いたときのことを思い出す。あそこにだって、何かいた。聞こえた。しかもその音は、朝子だけでなく結希にも、光にも、佳紀にも聞こえていた。

光はあれを猟銃の空砲だなんて言ったけれど、そんなわけがない。

あの日はたまたま大丈夫だった。でも、もし、運が悪かったら、自分達はどうなっていたのだろう。

今日、光と佳紀と巻は、三人揃《そろ》ってミオンのゲームセンターに行くと言って、仲良く教室を出ていった。

まさか……何もないといいのだけれど。奇妙なくらい、悪い予感ばかりがしてしまう。

コンビニの駐車場の前で一人の女性とすれ違って、朝子はハッと足を止めた。「ダンス部命」とプリントされたTシャツを着て、髪を無造作に一つ結びにした中肉中背の人だった。

わざわざコンビニの駐車場に車を停めた彼女は、すたすたと踏切に向かっていく。

ダメ、そっちに行っちゃダメ。声をかけようか迷っているうちに、女性は踏切の前に立った。直後、電車が通過して、踏切は呆気《あっけ》なく開いた。

警報音は止まり、声も、嫌な感覚も、全部消える。慌ててイヤホンをはずした。

「あれ……？」

呟《つぶや》いた瞬間、女性がこちらを振り返った。朝子は足早にその場を離れた。

何事もなくてよかったという安堵《あんど》と、全く別の気味の悪さが混ざり合って、自然とそうなってしまった。

どれだけ耳を澄ましても、「来るよー」という声はもう聞こえなかった。

3

「――よしきっ！」

目の前で光が叫んだ。

ごろん、ごろんと湯船の中で水が揺れ、光の――ヒカルの前髪から水滴が落ちる。ずぶ濡《ぬ》れの制服が肌に貼りついて、夕日が反射して金色に光った。

口の中に生温かい鉄の味が広がって、ヒカルの腕に噛《か》みついていたことに気づいた。

「あれ……」

声が掠れた。ヒカルの腕にはっきりと佳紀の歯形が残っている。いつか見たヒカルの中身が、そこからうねうねと飛び出していた。

「俺、何して」

禍々《まがまが》しい色をしたヒカルの中身は、するりと歯形の中に消える。赤黒い傷跡だけがヒカルの腕に残った。

「よかった……」

大きく息をついて、ヒカルが佳紀の肩を抱く。その視線がちらりと佳紀の背後に向いたから、慌てて振り返った。

何もない。風呂場《ふろば》の天井があるだけだった。

「ヒカル、血、出とる……」

「悪い」

肩を大きく上下させ、ヒカルはうな垂れる。佳紀の歯形から滲《にじ》んだ血が、水滴と一緒に腕を伝う。

彼の左頬にある深い引《ひ》っ掻《か》き傷も、俺がやったというのか。

「おれが油断したから、佳紀の中に入って盾にしやがった」

追い出したから、もう大丈夫。

佳紀の肩をトンと叩《たた》いて、ヒカルは湯船から上がった。

「ごめん」

差し出された手を取って、ゆらゆらと揺れる水から這《は》い上がる。眉間がまたずきりと痛んだ。

「なんで謝る。言ったやろ、お前、あーいうのの干渉に弱いんやって。そもそも、おれが一回逃がしたんが悪いし」

バツが悪そうに濡れた髪を掻き上げたヒカルを尻目《しりめ》に、自分の手を見た。

ヒカルを水に沈める手の感覚が、はっきりと残っていた。

まさか、俺はいつかまた、こいつを手にかけるのだろうか。考えたら、頬が強ばった。

犬みたいに頭をぶんぶんと振って、ヒカルは慣れた様子で脱衣所の棚からタオルを引っ張り出した。

庭の物干《ものほ》し竿《ざお》に佳紀のTシャツとハーフパンツが干してあったから、それに着替えて代わりに二人分の制服を干した。

「お前が戻ってきて、本当によかった」

居間の縁側に腰を下ろしたヒカルが、干された制服をぼんやりと眺めながらそんなことを言う。救急箱を漁って、ヒカルの頬に絆創膏《ばんそうこう》を、腕にガーゼを貼ってやった。

外はもう薄暗くて、風も涼しくなった。日が沈み始めるとあっという間だ。藪の向こうから虫の鳴き声がする。

「守るって言った側からこんなんで、泣きそうや」

ヒカルの腕に貼ったガーゼが、ぼんやり赤く染まる。歪《いびつ》な楕円《だえん》形……佳紀の歯形の通りに。

「お前、なんでそこまでするん」

「なんでかな。咄嗟《とっさ》に動いてまうから」

ヒカルと視線が絡み合った。なんともじれったく気持ちの悪い感触がした。

それはヒカルも同じだったらしい。「はあ～」と後頭部を掻きむしったと思ったら、「もう切り替えよ！」と天井を仰ぐ。

「蛙でも捕まえに行くか」

田んぼの方からは、確かに蛙の鳴き声が聞こえ始めていた。

「嫌や、田舎くさ」

「佳紀はほんま田舎嫌いやな。おれは田舎好きやで。都会にないもんもあるやろ、いろいろ」

「別に悪いとこばっかやないのは知っとるよ。ただ、俺の居場所やないなって思うだけ」

それに、光は。

「それにお前は、なんでもかんでも楽しいやろ」

答える代わりに、ヒカルはピースサインを作ってニヤリと笑った。

庭に車が入ってくる音がして、玄関の戸が勢いよく開いた。母とかおるが帰ってきた。

ずぶ濡れの制服の言い訳を考えながら、ふと、冷たい想像に胸を刺された。

あの化け物が、かおるや母に襲いかかっていたら。

「あんたら、川遊びでもしてたの？」

スーパーノゾミのレジ袋を食卓に置いた母が、「もう、呆《あき》れた」という顔で庭の物干し竿を見る。遅れてやってきたかおるも、母とそっくりな顔をした。

「あ、光君、夕飯食ってく～？」

母の言葉に、ヒカルが「食べる！」と勢いよく立ち上がる。

「かおる～、今日のおかず何ぃ？」

この家の子供みたいに母やかおると話すヒカルの横顔を、佳紀はしばらく見つめていた。

視線に気づいたヒカルが、こちらを見る。

「佳紀ぃ、今日、ハンバーグやって」

にひっ、と音が聞こえてきそうな顔で笑って、手招きをする。

「ええな」

そう言って、佳紀はゆっくり腰を上げた。背後から、夏の夜らしい涼しい風が吹き込んでくる。

エピローグ

「クビタチは陰気くさいから嫌なんすけどね」

カーステレオから響くちょっと懐かしいＪ－ＰＯＰのメロディに乗せるようにして、田中はぼやいた。ブリーチで色を抜きまくってパサパサの金髪が、エアコンの風に揺れる。パサパサだから風通しがよくて涼しい。

丹砂山《にさやま》に向かう道は舗装こそされているが、普段から人通りがないから周囲の草木が道まで迫《せ》り出している。昔は水銀が採れたのだと聞くが、地盤が緩いとか獣が出るといった理由で禁足地となった今、寄りつく人間はほとんどいない。

道はところどころアスファルトがひび割れていて、車はときどき躓《つまず》くように揺れた。

助手席に置かれたケージには、ハムスターが一匹いる。田中がサングラス越しにちらりと様子を確認すると、東京を出るときとなんら変わらない様子で鼻をヒクヒクさせていた。

砂利道に入る直前でガタンと車が大きく揺れ、ハムスターと一緒に田中の身体も大きく跳ねた。バックミラーで後方を確認すると、道に大きな亀裂が走って隆起していた。

「大丈夫ですか？」

ハムスターに問いかけるも、返事はない。

ただでさえ人の少ない山奥の集落のさらに奥。人の気配がてんでない場所で田中は車を停めた。ハムスターのケージを手に、藪を掻き分けながら道なき道を進む。

山のいたるところでシャワシャワシャワと蟬が鳴いていた。シャワシャワシャワシャワ、シャワシャワシャワシャワ。休む間もなく鳴き続け、夏の終わりに向かってただひたすら生き続ける。

ずっと聞いてると頭がおかしくなるなあ、おい。舌打ちを堪えて、田中は獣道の先にかけられた「ここから先は私有地のため立入禁止」という札付きのロープをくぐった。

歩きながら、ハムスターのケージを顔の高さに掲げる。

「……ネズミは、騒いでない」

それどころか、向日葵《ひまわり》の種を呑気《のんき》に齧《かじ》っている。

「おい、本当に大丈夫なんすよね？」

半笑いで問いかけても、頰袋を膨らませるだけだ。

その呑気なハムスターが唐突に「チッ」と鳴いたのは、道なき道をだいぶ歩いた頃だった。

周囲の笹草を掻き分けると、泥に汚れたボディバッグが一つ、やっと見つけてくれましたねという顔で落ちていた。

慎重にボディバッグを拾い上げ、中身を確認する。

ああ、なるほど、そういうことですか。

右手を蚊に刺されていることに気づき、手の甲の赤い膨らみを指先でカリカリと擦りながら、田中は来た道を戻った。

これから始まる仕事がどれほど厄介なものか、武田の家まで車を走らせながら算段をつけた。

ハンドルを握る手が、不思議と力んでいる。緊張ではない。これは興奮——いや、高揚感というやつだ。

厄介な仕事ではある。だが、もしかしたらこの先に、自分が探し求めたものが、長年の目的の鍵《かぎ》が転がっているかもしれない。

これが、昂《たか》ぶらずにいられるか。

シャワシャワと蝉が騒がしい田舎道を抜けると、直接の依頼人である三笠《みかさ》は、武田と一緒に家の前で田中を待ち構えていた。

二人とも、笑ってしまうほど神妙な顔つきをしていた。

「相変わらず、ぼっさい格好で」

ぼそりと呟《つぶや》いた三笠は、日差しでメガネが白く反射して表情が読めない。

「ああ、わざとですよ。あいつら、きたねえ格好の方が寄ってくるからさ」

だっはっはっは、と笑ってみせたが、武田が苛立《いらだ》たしげに咳払《せきばら》いをしたからさっさとやめた。この男、怒るとただでさえでかい声が三倍になるし、何より怒りが引っ込むまでが長い。

「無駄話はええ、はよ中に入らんか」

三笠が武田家の母屋を顎《あご》でしゃくる。

「はい、詳しく聞かせてください。山で〈いいもの〉も拾ったんで」

――あ、でも、場所は変えてもらっていいですか？

そうつけ足すと、武田が「ああん？」という顔で振り返った。


人が住んでいるあたりまで下りてきても、相も変わらず屋外からはシャワシャワと蟬の声がする。

丹砂《にさ》神社の境内の奥、三笠家の一室に集まった武田、三笠、松島の三人を前に、田中は出された緑茶に大量の砂糖を入れた。三笠は田中にお茶を出す際、わかり切った顔で角砂糖の入った壺《つぼ》を持ってくる。武田の家ではこうはいかない。

といっても、わざわざ会合場所を丹砂神社に変えた理由は、それだけではない。

「何故わざわざこの暑い中、三笠の家に移動したんや」

そう聞いてくる武田は、サングラス越しでもわかるほどに、こめかみに青筋をくっきりと立てている。この人こそ、この暑い中どうしてずっと怒っていられるのか。

「別に嫌がらせとかじゃないっすよ。こっちの方が〈安心〉なんで」

角砂糖がたっぷり入った緑茶を啜《すす》る田中を、松島が呆然《ぼうぜん》と見ている。自分は大きな焼酎《しょうちゅう》のボトルを持参しているのに。

「どうすか？　調子は」

三人を見回して田中は聞いた。しばしの沈黙の後、自分の役目だとばかりに三笠が口火を切る。

「どうもこうも、松浦の婆さんが変死した。山に入ったりもしとらんのに、異様な有様や」

「あの怖ぇ顔の婆さんか……へえ。武田さんのお父さんは元気すか？」

「『次は自分や』と、自室から出てこやんようになってまった」

悲痛な顔で額に皺《しわ》を寄せた武田に、我慢できず「だははっ、やっぱりか！」と声に出してしまう。

「お前っ、こっちは死者が出とんねん。お前んとこの会社だかなんだかが立ち入ったせいかもしれへんのやぞ」

「何も知らない大企業が開発進めてた方がヤバかったと思うんすけど」

なんだったか。コンパクトシティ化とか、あの会社の人間が言っていた気がする。あんなのがクビタチに足を踏み入れていたら今頃どうなっていたか、想像もしたくない。

「それを止めた僕の〈会社〉に感謝してほしいくらいですけどね」

その〈会社〉という存在に、武田も三笠も松島も不信感を抱いているのは重々承知していた。

こういう場所のこういう人間は、ただでさえ〈外のもの〉が嫌いなのだ。自分達の知らないもの、馴染《なじ》みのないものが苦手で、怖くて、歩み寄ることをしようともしない。

「その代わりに、僕がちょっと調査に入るだけですし」

三笠に視線をやる。眼鏡の位置を直し、この丹砂神社の神主は渋々という顔で頷《うなず》いた。

「忌堂《いんどう》の息子が行方不明になっとったのは知っとるな。恐らく、あの儀式は不成立や。そのせいでアレに異変が起きたのか……」

そんなことだろうと思っていた。吐息をこぼすように笑って、田中は山で拾ったボディバッグをテーブルに置いた。

「例の山に行ってきたんすけどね、これが落ちてました」

泥に汚れたボディバッグに真っ先に反応したのは、松島だった。

「それは、晃平《こうへい》が使っとったバッグやに。息子が持っていったんか」

そういえば、忌堂晃平は松島の製材所で働いていたんだった。話が早いと、田中はバッグを松島に手渡した。

「中、開けてみて」

こちらを窺《うかが》いながら、松島はゆっくりボディバッグのファスナーを開けた。中にあったものを恐る恐る取り出して、直後「おおっ⁉」と声を荒らげる。

「なんや、これは……」

松島の手からぽとりと落ちたのは、掌に収まるほどの黒い塊だった。湿った音を立ててテーブルを転がったそれを、田中は摘まみ上げる。

「黒い、石か？」

身を乗り出す三笠に、田中は塊の〈正面〉を見せてやった。

小さな丸い穴が二つ、歪《いびつ》な割れ目が一つ、側面にもえぐれたような穴が二つ。

「これ、多分、〈人の頭〉だったものすね」

途端に三人が肩を震わせる。三笠も松島も面白いほどに顔を強ばらせ、喧嘩腰《けんかごし》だった武田までが「なんで、そんなもんが入っとるっ……！」と畳の上を少しだけ後退《あとずさ》った。

「さあ？　ただ、強力な魔除けの力を持ってます。これを持ってたら、たいていのヤバいもんは近づけないっすよ。最初、山のケガレがなくなってるのはコレの仕業かと思ったんですけど」

笑い混じりに説明する田中に、三笠が「待て」と割り込んでくる。

「……山のケガレが、無《の》うなった？」

「ええ、山全体に充満してたケガレがなくなってました。今なら普通に入れますよ。ただまあ、コレのせいにするにはちょっと範囲が広すぎる。それと僕、三笠さんの神社に結界的なのを張ってたんです。〈安地《あんち》〉がほしいからさ。今日確認したら、その結界的なのにめちゃくちゃ傷がついてて。ヤバいっすね、かなり特殊なやつなのに」

丹砂神社に来たのは、結界の様子を確認したかったのもあった。あまりの状態に、境内へ続く鳥居をくぐる際に笑い出しそうになったくらいだ。

「それは……どういうことや」

武田の問いかけに、田中は三人の顔を見回した。

丹砂山の名を冠するこの丹砂神社の神主である、三笠。

地主であり、クビタチの消防団を束ねる存在でもある、武田。

農業、林業、材木業が盛んな……いや、それくらいしか産業のないクビタチで、製材所の社長を務める、松島。

このクビタチ村の顔ともいえる三人の男を前に、田中は言い切る。

「山から降りてきてますね」

ものの見事に言葉を失った一同に、田中はたたみかける。

「恐らく、どこかになんらかの形で潜んでるんでしょーね」

「どう、すればいい」

まだ現実味などないだろうに。何かの間違いであってくれと自分に言い聞かせている真っ最中だろうに。それでも三笠は田中の目を見て聞いてくる。

どうすればいいと聞かれても、〈アレ〉は村人達が思っているほど、簡単なものではないのだけれど。

――それでも。

湯飲みに残った甘い緑茶を飲み干すと、溶け残った砂糖が口の中でジャリッと音を立てた。

中途半端にどろりと溶けた砂糖が、湯飲みの底にこびりついている。

頭、腕、胴体、足――人間のような形をしていた。ふっと鼻を鳴らして、田中は三人に向かって親指を立てた。
「炙《あぶ》り出しますか」

（第一巻　終）

あとがき

額賀《ぬかが》　澪《みお》

　多くの方にとっては「はじめまして」になると思います。このたび『光が死んだ夏』のノベライズを担当した、小説家の額賀澪と申します。

　読み方は「ぬかがみお」です。「ぬかが」の発音は意外と難しいのですが、宇多田ヒカルさんの宇多田と同じです。普段は青春小説やスポーツ小説を書くことが多いです。

『光が死んだ夏』を初めて読んだのは、二〇二二年の七月でした。

　私は小説家の仕事をしながら、ときどき大学で講師をしています。授業の主な内容は、小説を書いてみたいという学生向けの創作のワークショップです。

　その授業を取っていたＫ君という学生と、オススメの小説やマンガやアニメをよく教え合っていました。

　夏休みを控えたある日、Ｋ君が「すごく面白いマンガがあるんです」と声をかけてくれました。

「この前コミックスの一巻が出たばかりなんですけど、ウェブ連載が始まった頃から面白いな～と思って追いかけてて、いいな～僕もあんな小説書きたいなあ～って思ったんです」

K君がそう言いながら楽しげに紹介してくれたのが、『光が死んだ夏』でした。

「ぜひ読んでください。先生の感想が聞きたいです」

K君に強く薦められて、私は本屋さんで『光が死んだ夏』の一巻を買って帰りました。

私は彼の「面白い作品を見つける力」と「面白さを相手に響くようにプレゼンする力」には一目も二目も置いていて、『光が死んだ夏』を読むのを帰り道にすごく楽しみにしていたのをよく覚えています。

そうして読んだ『光が死んだ夏』がとても面白くて、私はいい作品を紹介してもらったと心底思ったのです。

ちなみに、このあとがきを書くにあたりK君に「急でごめんなんだけど君の名前を出してもいい？　本名は伏せるから」とメッセージを送ったら、すぐさま「K君でお願いします！」と返事が来たので、遠慮なく書かせてもらいました。

一巻を読んだあと、私は一人の読者として二巻の発売を楽しみに待っていました。

ノベライズの依頼がKADOKAWAの編集者から届いたのは、まさにそんなときです。自分で一から小説を書くのと、他のクリエイターが作ったマンガやアニメ、映画を小説にするのとでは、できあがるのが同じ小説でも、工程が大きく異なります。気を遣うことも、注意しなければならないことも多いので、自分の作品を書くのに比べると脳味噌《のうみそ》の使い方がちょっと違う感覚ですね。

小説家というのはどうしたって「自分が考えた物語を世に送り出したい」という生き物なので、ノベライズの仕事は「本当に面白いと思える作品」か「本当に好きなクリエイターの作品」だけを引き受けようと思っています。

オリジナルの作品を一冊書けたはずの時間を、この作品、このクリエイターのために使っても惜しくない。そう思える作品だからこそ、気持ちよくノベライズができるのだと思います。

そして『光が死んだ夏』のノベライズの依頼を受けて、私はすぐさま「やります。スケジュールはなんとかします」と返事をしました。

一人の読者として『光が死んだ夏』の感想をあとがきで長々と書くのはなんだか厄介なファンみたいで少し恥ずかしいので、「それくらい面白かった」と思っていただけたら嬉《うれ》しいです。

さて、スケジュールをなんとかして無事完成した小説版『光が死んだ夏』ですが、原作の再現度や小説ならではの膨らませ方のジャッジは読者の皆様に託すとして、担当編集から「ノベライズをやってみての感想を聞きたい」とリクエストをもらったので、長くならない程度に語らせていただこうと思います。

個人的にこだわったのは、小説だからこそ感じられる『光が死んだ夏』を書きたいということでした。

その人が見ている景色や、耳に届く音、肌で感じる温度や感覚など、些細《ささい》な描写の中にその人の感情を描くことができるのが小説の面白さだと私は思っていて、ノベライズに際してはその点にとことんこだわりました。

特に主人公の辻中佳紀《つじなかよしき》（小説版では視認性と判読性を考え、漢字表記にしました）を書いている時間がほとんどを占めていたので、執筆はひたすら彼との対話だったように思います。

彼のさり気ない視線の行き先や、細やかな表情の中に潜んだ真意を掬《すく》い上《あ》げる作業や、マンガのコマやその外側に広がる景色を彼がどう見ているのかを考える時間は、大変でしたがとても楽しかったです。

あとは、ヒカルの〈中身〉の色を原作のモクモクれん先生に尋ねたとき、「明確な色はないけれど、とにかく見るだけでSAN値が削られる色」という答えが返ってきて、「あ、これは小説家の腕の見せどころだ」と思ったのが印象に残っています。

もしこのあとがきを本編を読む前に読んでいる人がいたら、ぜひヒカルの〈中身〉にご注目いただけたらと思います。


あとがきをどう締めようかと迷っていたのですが、どうやらたった今、『光が死んだ夏』の最新話が更新されたみたいなので、このへんで終わろうと思います。

今回のノベライズはまだまだ物語の途中なので、また皆様とお会いできることを願っています。

原作者あとがき

額賀《ぬかが》先生が書いてくださった初校を初めて読んだとき、自分で描いてきたはずのストーリーなのに夢中で読み入ってしまったのを覚えています。キャラクターや世界観が文章となってさらに解像度が上がっていて、漫画では描き切れなかったかゆい部分に手が届いたような気持ちでした。そしてこんなによしきとヒカルと光のキャラクターを捉えてくれる方がこの世に居られるのかと思うと、大変心強いなと感じました。額賀先生はすごいです！

私は漫画をつくる際、実は文章から考えることが多く、演出や情景、心情など漫画では文字にならない部分を文章ではっきりと描写してから漫画に出力したりしています。言葉で説明できれば簡単なところをほとんど言葉を使わずに表現したいと思っているので、いつもどう描けば伝わるかと悩みながら描いています。しかし小説版を読んで普段私が泣く泣く削り落としている部分が描かれているように感じてとてもスッキリしました。同じストーリーでも漫画と小説版で見え方が豊富でとても面白いです。

このノベライズ企画にあたって尽力してくださった方々と額賀先生に感謝の気持ちをこめて、本当にありがとうございました。

モクモクれん

お便りはこちらまで

〒 102-8552
東京都千代田区富士見 2-13-12
株式会社 KADOKAWA
ヤングエース UP　気付
モクモクれん先生　係

〒 102－8177
東京都千代田区富士見 2-13-12
株式会社 KADOKAWA
カドカワBOOKS編集部　気付
額賀《ぬかが》澪《みお》先生　宛

光《ひかる》が死《し》んだ夏《なつ》　特装版《とくそうばん》

2023年12月4日　初版発行

著者／額賀澪《ぬかがみお》

原作・イラスト／モクモクれん

発行者／山下直久

発行／株式会社KADOKAWA

〒102-8177
東京都千代田区富士見2-13-3
電話／0570-002-301（ナビダイヤル）

編集／カドカワBOOKS編集部

印刷所／広済堂ネクスト

製本所／広済堂ネクスト

●お問い合わせ
https://www.kadokawa.co.jp/（「お問い合わせ」へお進みください）
※内容によっては、お答えできない場合があります。
※サポートは日本国内のみとさせていただきます。
※Japanese text only

Printed in Japan
ISBN 978-4-04-075092-7 C0093

光が死んだ夏

小説2巻

執筆準備中――

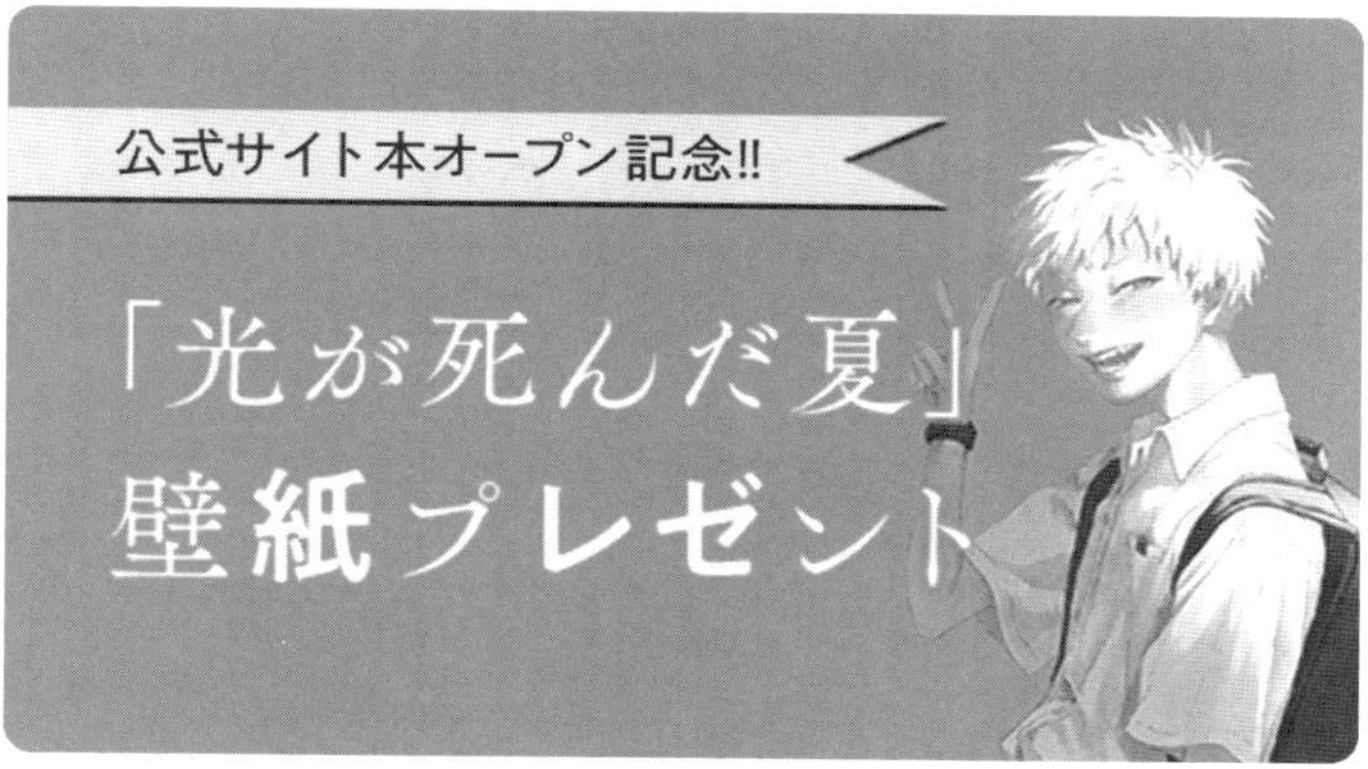

など、企画続々公開

イラスト／モクモクれん

く